月の舞台

須藤 みゆき
Miyuki Sudo

民主文学館

光陽出版社

月の舞台

目次

「しんぶん赤旗」二〇一三年一月五日付〜二〇一三年五月十三日付連載

月の舞台

第一章　みなとの駅で

光の当たらない月の表面に立つ自分の姿を想像する。

あびるスポットライトはなく、私はただ、暗闇と静寂に寄り添っている。

暗闇と静寂。

そこは私だけの、月の舞台。

その中で生まれる理由のぼやけた哀しい気持ちとほんの少しの安らぎだけが、まだ私がここに存在し、感情が残っているのだという唯一の証だ。

そしてそれは、生きている証でもある。

生きている証。

鼓動よりも確かな、生きている証だ。

その証さえ、母親の愛情のような果てのない暗闇と静寂がこっぱみじんに打ち砕き、その中に沈めてくれればどんなにいいだろう。

そんなことを願いながら、私は毎晩、月の舞台に立つ。

ふと、闇の中、かすかな光が私のまわりを満たしはじめる。

キラキラ舞い散る雪のカケラのように。

これはいったい、何だろう?

私はそっと、手を伸ばす。

ここから救われたいから?

涙でぼやけた視界に映るやさしい光の中で、舞い散る雪を受け止めようとする子どものように、私はいつまでも、その手を伸ばしている。


「姫野さん、やっぱりそこにいたんだ。携帯にかけても出ないから」

職場にいた私に電話をかけてきたのは、同僚である広瀬さんだった。

一月の第二月曜日、つまり今日は成人の日、休日である。仕事は休みなのだが、来週の会議で使う資料を作るにあたり、調べなければいけない症例があって、私は職場に来ていた。広瀬さんは休日出勤だったようだ。

彼女と私は同期入職。二〇〇二年に薬剤師になった。

私たちが働く職場は、県内に四つの病院を持つ医療法人と、四つの保険薬局を持つ株式会社などが同じ志の元、ひとつのグループを作っている。その中にある病院、保険薬局を、薬剤師は数年単位で異動する。

彼女は今、同じグループ内では一番規模の大きな病院に配属されている。私は昨年の四月から、一日一〇〇人ほどが来局する中規模の保険薬局勤務である。

時計を見たら、六時をちょうど過ぎたところだった。窓の外は深海のように真っ暗である。

「ねえ、今からちょっと、会えない？」

疑問形であるにも関わらず、彼女の口調はいつも断定的に聞こえてしまう。おそらくそれは、私とは正反対に、何事に対しても決して物怖じすることなく突き進む、真っ直ぐな性格からきているのだろう。

「別にいいけど……」

私は事務室の机に広げた資料の山に目をやった。電子薬歴画面を数時間に渡って見続けていたにも関わらず、作業はちっともはかどってはいなかった。いつものことだ。今日はこのあたりが切り上げ時かもしれない。

「じゃあ七時にみなとの駅で」

「わかった」

それだけ言って、電話を切った。

みなとの駅。

「ちょっと、これ見て」

コーヒースタンドの片隅にあるカウンター席。

広瀬さんはテーブルの上に、B五サイズの黄色い紙を、広げて置いた。

―人殺しのくせに
何の迷いもなく一気に書かれたような文字だった。

「人殺し……のくせに」

紙の上で、私と広瀬さんの視線が重なり合う。

休日の夜。私たち以外、他に誰もいないその店内には、軽い旋律ながらも叙情的な雰囲気を漂わせる音楽が流れている。

「これ、何?」

広瀬さんがテーブルに置いた紙に書かれたその文字の意味を、私は理解できずにいた。

「投書箱に入ってた。病院の」

「……」

「まだ、誰にも見せてない」

私はそれを手に取って、裏面を見てみた。正確にいえば、そっちの方が表面だった。

その黄色い紙は、昨年の八月二十四日、毎年その日に行なわれている薬害根絶デーのイベントのひとつとして、来院した患者に私たち職員が配ったビラだった。

薬害根絶デーとは、サリドマイドにはじまって以来、スモン、薬害エイズ、薬害ヤコブと、二十世紀後半から途絶えることのない日本の薬害の根絶を誓って、一九九九年、当時の厚生省がその庁舎前に「誓いの碑」を建てた日にちなんで設けられた日だ。

毎年その日になると、霞ヶ関付近で集会が行なわれると同時に、各職場ではスローガンが書かれたビラを、来院した患者に配ることが毎年の恒例行事となっている。

昨年のそれは「薬害根絶は、私たちの願いです」だった。

「これ、どういうこと？」

私は訊いた。

「言葉通りなんじゃないの？」

広瀬さんの切れ長の目が、眼鏡の奥で鋭く光った。まるで鋭利な刃物の先端のように。

私は声を発することができないでいる。ただ、自分の中にずっと以前から存在しているにも関わらず、意識的に目をそらし続けてきたものが、少しずつ、その形を現してくるような感覚があった。それはまるで、粘土細工ができ上がってゆく過程を見ているかのようだった。

「イレールのことを、言っているのよ」

「イレール……」

かろうじて発することができた私の言葉は再びそこで途絶え、引きちぎられた雲のように、ぽっかりとそこに浮かんでいた。その後の言葉をつなげることができないでいる。ただ店内に流れる音楽だけが、風のように私たちのまわりに漂っていた。

今から約二カ月前、二〇一一年十一月十五日、薬害イレール訴訟の逆転判決が東京高裁で言い渡され、原告である被害者遺族側が逆転敗訴していた。

「イレール……」

もう一度、私は言った。その声が、まるで強風に吹かれているかのように細かく震える。あの判決を聞いた時の、得体のしれない恐怖感がよみがえる。

イレールとは、二〇〇二年七月に、世界に先駆けて日本ではじめて発売された肺がん治療薬である。正常な細胞までも破壊してしまう既存の抗がん剤とは違い、がん細胞だけを標的として狙い打つ分子標的薬として、発売当時「ドリームメディスン」とまで言われていた。また、点滴や注射のように入院や通院の必要がない内服薬という手軽さが決め手となって、発売されると同時に急速に使用が広がっていった薬である。

しかし発売開始後、わずか半年間で一八〇人、二年半で五五七人もの患者が間質性肺炎等の副作用で命を落としてしまう、という結果になってしまった。

二〇一一年三月末のデータでは、副作用被害者二二二六人、うち死亡八二五人。副作用死亡者数としては他に類を見ない大きな被害を出している。


「イレールのことを、言っているのよ」

「イレール……」

刺すような彼女の視線を眼鏡のあたりに感じながら、私はビラを見続ける。その黄色は誰かの、いや、不特定多数からの怒りの象徴のようだった。

「そう、イレール」

広瀬さんの視線がビラに書かれた文字の上へと落ちてゆく。

「イレール……か」

私は言った。

「高裁が、製薬企業の責任も、厚労省の責任も認めなかったでしょ」

「確かに……」

「それじゃあいったいどこに責任があったの？　って、そう考える人が出てくるのは、ある意味、当然だよね」


発売開始三カ月後の二〇〇二年十月十五日、十三人の副作用死亡の報告を受けて、厚労省は販売元の製薬企業に対し、添付文書の改定と緊急安全性情報を出すよう指示を出した。添付文書とは医師向けの説明書、緊急安全性情報とは、重大かつ致死的な副作用が報告された場合、その周知徹底のために医療機関に配られる連絡文書である。イエローレターとも呼ばれる。

しかし問題だったのは、これだけ重大な被害につながった副作用であるにも関わらず、発売時の添付文書を見る限り、その記載は決して十分といえるものではなかった、ということである。

そして二〇〇四年、被害者遺族たちは東京と大阪で、イレールの輸入販売元である製薬企業と、厚労省を相手に損害賠償を求めて提訴したのだった。

この裁判は「間質性肺炎の副作用について、発売当初の添付文書記載は妥当であったのか」を焦点のひとつとして争われた。

「発売当初の副作用記載は、あれでよかったのか……」

自分自身に問うかのように、広瀬さんが言った。

「いいはずがない！」

提訴から約六年半後の二〇一一年一月、つまり今からちょうど一年前、東京、大阪両地裁が和解勧告を出す。

つまり事実上、司法が添付文書の不備を認め、イレールの副作用を薬害と認めたわけだ。

しかし、製薬企業も国も、和解勧告拒否を表明。そのため地裁判決を待つこととなった。

そして迎えた地裁判決。

二月の大阪地裁判決は製薬企業にのみ賠償命令。

三月の東京地裁判決は国と製薬企業両方に賠償命令。

製薬企業も国も、その判決を不服として当然のように控訴したため、裁判は高等裁判所に場所を変えて争われていた。

そして迎えた昨年、二〇一一年十一月の東京高裁判決。それは地裁判決を大きく覆すものだった。

繰り返すが、この裁判は「発売当初の添付文書の副作用記載は妥当であったのか」が争点のひとつになっている。

副作用記載の元となるものは、承認前の臨床試験の結果である。地裁が臨床試験での死亡症例を「副作用症例」であると認定したのに対し、高裁はそうとは認めなかったのである。

そうして出された判決は、企業にも国にも責任はない、という驚くべき内容だったのだ。

「本当に、いったいどこに責任があったんだろう……って」

何かを深く考えている時、彼女は怒ったような顔になる。何が起きても決して動じることなく瞬時にその状況を冷静に見極めて判断を下し、解決策を講じて物事を進めてゆく能力に抜群に長けた彼女がはじめて見せた「迷い」に対し、私自身も混乱した。高裁判決を知った時以上の衝撃だったかもしれない。

「使った側、つまり私たちに責任があるってこと？」

私はそっと、彼女に視線を向けてみる。

「そういうこと」

ふたりの間に漂う緊張感。

「人殺し……か」

私はそれを、小さく声に出してつぶやいてみた。

薬剤師となって十年。今さら「薬は草かんむりに楽しい、あるいは楽と書きます。薬は人を救うのです」などという現実離れした言葉を口にするつもりはないけれど「人殺し」という、それとは対極にあるかのような言葉も私にとっては現実離れした遠いものだ。それはまるで、暗闇の中、向こう岸に見える灯りのようでもあった。遠近感がまったく感じられないのだ。

「極端な話、そういうふうに考える人がいたって、おかしくないんじゃない?」

紅茶に砂糖は入れていないはずなのに、彼女はそれを意味もなくかき混ぜながら、言った。

「まあ、そうかもね」

私は視線を外に向ける。カウンター席の正面はガラス張りになっていて、そこからは船底のように静まり返った薄暗い改札口を見渡すことができる。

「現にね、添付文書の不十分さを認めた地裁判決を覆した高裁判決ではさ『添付文書に基づいて投与を決定するのはがんの専門医だ』とか言って、医師の責任の重さを強調していたしね」

「そうだね」

「『副作用の可能性を読み取れなかったとすれば添付文書の記載を重視していなかったという他ない』とも言っていたし。これじゃあまるで、薬を使った医療機関に責任があるって言っているのと同じだよね」

いつものことではあるけれど、広瀬さんの口調が次第に強くなってきた。まるで、クレッシェンドを忠実に守って歌われる中学生の合唱のように。

感情がストレートに出るところは、彼女の実直な性格を物語っている。知り合って十年。その実直さは昔から変わることはない。私が彼女に対してだけはある程度心を開くことができたのは、その実直さを信用できたからなのだろう。

　ここのコーヒースタンドは、このくらいの時間になると、私たち以外に客の姿を見かけることはほとんどない。それは今日に限っても例外ではなかった。裏で明日の準備でもしているのか、ふたりいた店員もどこかに行ってしまったようだ。

　誰にも聞かれたくない話をする時に、私たちはよくこの場所を利用する。

「『ドリームメディスン』なんて宣伝までしておきながら、それにあの時点のあの添付文書の記載で、いったい現場にいる誰があれだけの副作用死を予測できたっていうのよ」

　今にも目の前のテーブルをバンと力いっぱい叩きそうな勢いで、広瀬さんが言った。

「何が『ドリームメディスン』よ」

　彼女の怒りはそのまま槍のようになって、私の胸に突き刺さる。突き刺さったそれは、私を恐怖の底へと引きずり込んでゆく。罪悪感、と呼んでもいいのかもしれない。

「何が『ドリームメディスン』よ」

　もう一度、広瀬さんが言う。

　確かにそうだった。彼女の言っていることはもっともだ。

　間質性肺炎という副作用は、一部の漢方薬でも起こる可能性がある。そういう意味では、見慣れた副作用でもあるのだ。

「あの裁判官、現場をまったくわかってないね」

　広瀬さんの声のトーンが再び上がる。

「どうなるんだろう……。この裁判」

私は試しに訊いてみた。そして、私の右隣に座る彼女に視線を向けた。意志の強そうな切れ長の目が、獲物を見つけたタカの目のように鋭く光り、空間のどこか一点を見つめている。

今までこの件について、職場の誰ともここまで真剣に話をしたことはなかった。関心がなかったわけではない。きっかけがなかったのだ。

しかし今、私は目を開いて耳を澄まして、考えることをはじめなければいけないのだろう。私たちの職場には、薬害裁判を支援するにあたって中心的な役割を担う「薬害委員会」という組織がある。昨年の十一月に高裁判決が出されてからすでに二カ月がたとうとしているのに、そこからは何のコメントも出されてはいなかった。

「厳しいだろうね。私は薬害委員会のことはよくわからないから、そこでどういう話がされているかは知らないけど、もし、この裁判に負けるようなことがあったら……」

「負けるようなことがあったら……？」

私は息を詰めて、彼女の次の言葉を待つ。

心臓が、まるで学会発表の第一声を発する時のように、激しく鼓動を打っている。

「今まで築き上げてきた医薬品の安全対策が、根本から覆されることになるだろうね」

広瀬さんが、言った。


原因があって結果がある。世の中で起こる大抵のことは、そういうふうに成り立っている。

では、薬害という結果に対し、その原因は何なのだろう？

二十世紀後半に起こったサリドマイドにはじまり、スモン、薬害エイズ、薬害ヤコブと立て続けに起こった薬害裁判は、一貫してその原因を追究することに焦点を当てて争われてきた。薬害においての原因は、つまり責任の所在、という言葉に置き換えることができる。いったいどこに責任があったのか？

それを徹底的に究明することこそが、薬害の再発防止につながるのだ、いや、それをしなければ、繰り返される薬害を止めることはできないのだ。そう信じて私たちの職場では、九十年代はじめに起こった薬害エイズ裁判以降、一貫して原告被害者側に立ち、その裁判支援の活動を続けてきたのだった。

薬害裁判ではその多くにおいて、司法は国と企業の責任を認め、原告と被告は和解するに至っている。

薬害C型肝炎訴訟では、カルテがない患者の救済など、いくつかの問題点を残しながらも二〇〇八年、被害者救済法も成立している。

半世紀に渡る薬害裁判は「副作用が疑われる、という段階であっても幅広く情報を集め、その情報開示を徹底させる。それが薬害を未然に防ぐことにつながるのだ」という予防原則をしっかりと根付かせてきたのだ。

しかし、昨年の高裁判決はどうだっただろうか？

「疑いだけでは不十分」とし、情報公開をしなかった企業、そして、それを監督する立場である国に対しても、責任を問うことのない逆転判決が出される結果となったのだ。

私はため息をつく。そして、私たちの前に置かれたままになっている『人殺しのくせに』と書かれたビラを見た。

強い怒りが込められているかのようなその文字から、私は視線をそらすことができない。

「今までの薬害裁判でさ、私たち医療従事者が被告として訴えられることがなかったのは、ある意味、運がよかったのかなあ」

私は自分であきれながらも的外れなことを言う。情けないことかもしれないけれど、それは私の本心だったのかもしれない。私の中でくすぶり続ける、得体の知れない恐怖感。

「それはないよ」

広瀬さんは断言した。

「原告の人たちはね、この問題を救済と謝罪だけを目的にした個人レベルの問題として捉えているわけではないの」

「どういうこと?」

「徹底的な原因究明。それが、薬害を繰り返さないための唯一の道であると、信じているのよ。そのことは以前に原告の方から直接聞いた」

「徹底的な、原因究明」

私はそれを、言葉に出してみた。そうすることで、自分の今感じている恐怖から、逃れようとしている。

確かにそうだ。理屈ではわかる。でも、私はいつも、意識のずっと奥の方で、おそれていたのだ。自分がいつか、加害者になってしまうかもしれない、ということに。真夏の夜に心霊番組を見ている時のように、さっきから時々襲ってくる、ぞっとするような感覚の原因は、まさにそれなのだ。ビラに書かれたあの文字は、決して私の対極にあるものではなく、常に私の横に存在していたのだ。そして、イレールが世に出た年に薬剤師となった私や広瀬さんは、直接にはその薬を扱ったことはなかったけれど、おそれと同時に道義的責任も、常に感じてもいたのだ。

薬に携わる者として。

それはそういう立場に立たされた時、本能のように当然に抱く感情だ、と思う。少なくとも私と彼女はそうである。その、共通した感性と倫理観が、私たちふたりをつなげている。

「私たち、いつか、加害者になるかもしれないね」

私は言った。

それは、自責の念からというより、恐怖のあまりに出た言葉だった。

「加害者……か」

すっかり冷めてしまった紅茶を意味もなくかき混ぜている広瀬さんの目は、どこか遠くを見ているようだった。

「そういうおそれのようなものは、私たち、常に持っていないといけないんだろうね」

広瀬さんが、言った。

みなとの駅のホーム。

埋め立て地に、まるで置き去りにされたかのようにポツンと建つ、小さな駅。

暗闇の中、そこだけが、まるで夜空の彼方からのスポットライトに照らされているかのように、ぼんやりと明るい。

「国家試験の合格発表が掲載された新聞、どうしてる？」

突然に、広瀬さんが言った。

ホームの上には私たちだけ。

工業地帯の照明と、向こう岸の灯り、そして空には散りばめられた無数の星。私たちは闇の中にいながらも、それらの光に包まれていた。

「今頃、どこかの空を漂っているんじゃないのかな？」

私はプラネタリウムのような夜空を見ながら言った。

今夜は満月。

寒さのために空気はしんと澄み渡り、最近、更に近眼が進んだのか、眼鏡の度が合わなくなってきた私でも、ドームに張り付くようにして輝く星たちを、はっきりとこの目に見据えることができる。

「空を漂っているって、どういうこと？」

広瀬さんは好奇心とも困惑とも取れる、どこか思慮深い表情を作って私に訊いてきた。

その時、彼女の乗る上り電車と私の乗る下り電車が同時にホームに入って来た。

「今日はもう遅いから。明日は夜間救急だし……」

「そうだったね。お疲れさま」

私たちは、それぞれ別方向へと向かう電車に乗った。

第二章　十年ぶり

「久しぶり〜。芙見《ふみ》ちゃ〜ん」

満月の夜。

もうすぐ月が南中するという、まさにその時、突然に、叔母はやって来た。

「いつ引っ越したのお〜。連絡もくれないでえ〜。まったく薄情な子なんだからあ〜」

さっき、広瀬さんから見せられたビラから受けたおそれの余韻が一気に吹き飛んだ。

「寒いから入るわよ」

叔母は声すら出せずに立ち尽くす私の横をするりと抜けて、他人の領域に音もなく忍び込む野良ネコみたいに部屋の中へと入って行った。

黒いコートに黒い帽子、白いマフラーといったいでたちに、黒いリュックを背負った小柄、というより貧弱な叔母の後ろ姿は、栄養がゆき届かないためなのか、成長と毛並みが著しく悪い、この辺りをうろつく黒い野良ネコを連想させた。

私は叔母の後ろを、まるで疲れ果てたロバのようにとぼとぼとついて行く。ついて行く、と言っても玄関を上がればすぐに二畳ほどの広さの台所、その奥にコタツとテレビが置いてある部屋があり、その隣が寝室、いや、寝室なんてしゃれたものではなくて、ただ布団が敷きっ放しになっている寝るためだけの部屋、それだけである。

玄関を開けたと同時に、家の中をすべて見渡せる2Kの間取り。そしてそこには、コタツとテレビと洗濯機と冷蔵庫以外に、家具と呼べるものは何ひとつとして、ない。

「本当に何にもない部屋ねえ。これじゃあ安っぽいビジネスホテルと変わらないじゃないの」

リサイクルショップで品定めをしているかのような無神経な視線を空間に投げかけながら、叔母が言う。そして脱皮でもするかのように帽子とマフラーを取り、黒いコートを脱ぎながら「ハンガーない？」と言った。

叔母は私の父の妹にあたる。

その父は、私が小学校二年生の時に亡くなっていて、母も十年ほど前、私が二十二歳の時に亡くなっている。私はきょうだいという存在を持たないので、叔母は一応私にとって「たったひとりの肉親」ということになる。と同時に両親を早くに亡くし、父以外にきょうだいはなく、そして子どものいない叔母にとっても私は「たったひとりの肉親」ということになるわけだ。

叔母は結婚はしているようだったが、叔母からその連れ合いの気配を感じたことはまったくない。そもそもその人に、私は一度も会ったことがなかった。

いや、一度だけ会った、というか、見た。

「出て行ったっきり帰って来ない人なんか待ってないでさっさと別れちゃえばいいんだよ。なにも姑さんの世話だけやらなくったって。マコちゃんあんた、人がいいにもほどがあるよ」

母は生きていた頃、叔母に向かってしょっちゅうそんなことを言っていたから、叔母の置かれていた境遇は小学校の高学年くらいになってくると私にも何となく想像することができた。その姑さんも、私が中学一年生の時に亡くなった。私が叔母の連れ合いを見たのはそのお通夜の時だ。

「ばーちゃんが死んでさあ」

突然に叔母から電話がかかってきたのは冬の日、月がその姿を現すことがない新月の暗い夜で、オリオン座が、まるでドームに描かれた絵のように、くっきりとその夜空に貼り付いている、そんな夜だった。

翌日、団地の集会場で行なわれたお通夜の席で、お坊さんがお経を読んでいる最中、かかしを連想させる貧相な容姿の男性が入って来た。数少ない弔問客の視線を、まるで磁石に吸い寄せられる砂鉄のようにいっせいに集めて歩くその人こそ、母いわく「出て行ったっきり帰って来ない」叔母の連れ合い、その人なのだ、ということは、お通夜が終わった後、母から聞いた。

その後、叔母は連れ合いと暮らすわけでもなく、かといって別れたふうでもなく、根なし草のように生きていた。そして時々、何の予告も規則性もなく、突然我が家にやって来たかと思えば数日間滞在し、そして突然いなくなる、そういうことを繰り返していたわけだ。

私の目に映る叔母の印象は「だらしがない人」その一言に尽きる。今にして思えば、たとえそれがどんなに好ましくない印象であったとしても、印象としてとどまっていた頃はまだ叔母は私の中のある一定の場所を占めていたのだ、と思う。

しかし時間の流れとともに叔母への関心は次第に薄れ、更にはその痕跡さえ消えかけていた矢先、その叔母が、また突然やって来たのだ。

叔母と姪との再会。

お互いにとって、たったひとりの肉親同士。ドラマにもしこんな設定があったとしたら、感動的な再会、ということになるのかもしれないけれど、これはドラマではなく現実だった。

なんで、今さら？

まず私の頭に浮かんできたのはその言葉だった。

今さら私の前に現れてもらっても……。

すでに私は母が死んだ時にひとりで生きてゆく決心を固めていたし、覚悟もそれなりにできてもいるのだから。現に私はこの十年間、ひとりきりで生きてきたのだ。

それなのに、なんで今さら？

叔母はまず、ひっくり返したダンボールの上に置かれた小さな仏壇の前に座った。そして、どこから手に入れてきたのか今ではほとんど見かけることがなくなった「わかば」という銘柄のタバコを一箱、仏壇に供えた。

母が吸っていたタバコだ。

「義姉さん、好きだったよね。タバコ」

叔母はタバコに火をつけ、線香の脇に置いた。

「芙見ちゃんはタバコなんて、吸わせてくれないんでしょ」

線香とタバコの煙が、まるでＤＮＡの二重らせん構造を描くかのように空間に立ち昇ってゆく。その匂いに、私はむせ返りそうになる。

「誰に似たんだか。相変わらず堅物みたいだしね」

私は黙って叔母の言葉を聞き流す。

「携帯電話って、便利ねえ。あれがなかったら私たち、生き別れになっていたわね」

自分もタバコに吸い付きながら、叔母が言った。

「そんな大げさな……」

「大げさじゃないわよ。前の家、昔、芙見ちゃんと義姉さんが住んでた廃屋みたいな団地。あそこ行ってみたらきれいさっぱりなくなってんじゃないの。大きなマンションに建て替えられちゃって」

そう言いながら、叔母は下ろしたリュックの中から一枚のハガキのようなものを取り出して、目の前でヒラヒラさせた。

母が死んだ時、お通夜で配った香典返しの挨拶状だった。そこには私の直筆で、私の携帯番号が書かれていた。確かお葬式が終わった晩、どういう心境の変化だったのか去って行く叔母にグッときて、思わず番号を書いて渡してしまったことを思い出し、今さら遅いが後悔した。

「ほんと、携帯電話様様よ」

叔母はその挨拶状を、リュックの内ポケットにしまった。

「ここにね、お守りと一緒に入れてあるの」

私はため息をついた。

「ところで芙見ちゃんに会うの、何年ぶり？　確か義姉さんのお葬式……」

そこまで言って、叔母の視線は宙を舞い、言葉は止まった。

「九年と六カ月ぶり」

私が言った。


叔母と最後に会ったのは九年と六カ月前、母のお葬式の時。

母の亡くなった日、お通夜の準備のために近所の人や母の勤め先だった新聞販売店の人たちが慌ただしく出入りする中、虫の知らせか偶然なのかは知らないけれど、またいつものように何の予告もなく、叔母は突然やって来た。そして何を思ったのか、いきなりトイレの掃除をはじめたのだ。私がどんなに磨いてみたところでびくともしなかった便器の汚れは、叔母の手にかかったとたん、ペンキを塗ったかのように真っ白になった。

「義姉さんをこんな汚いトイレのある家からあの世に旅立たせることなんて、できないわよ」

額の汗をトレーナーの袖で拭きながら、叔母がそう言ったことを覚えている。

「芙見ちゃん、あんた、変わんないわね。相変わらずかわいい顔して。いくつになった？」

「三十二」

自分の出席番号を面倒くさそうに教師に伝える生徒のように、私は言った。

「ほんと、変わんないわね。十年前と、ちっとも」

十年と一口に言ったって、二歳から十二歳とか、十二歳から二十二歳ならいざ知らず、二十二歳から三十二歳なんて、人間そう大きく変わるもんじゃあないだろう、そう思いながら半分あきれて叔母を見た。

叔母は母より三つ歳が下だったから、今は六十歳のはずだ。顔面にソバカスのように点在するシミは、家系だという童顔に程よくなじみ、数本の白髪はかえって周囲の髪の黒さを引き立たせていた。そして私と同様、千円カットを利用しているのか、洗う手間も乾かす手間もほとんど必要としない、一昔前の中学生みたいな髪形は、あきれるくらいに私とそっくりだった。その容姿は、世間で見かける六十歳とは随分違って見えた。

若く見える、と言えばそう言えないこともないのだろう。ただそれとはちょっと違う、言ってみれば年齢相応の貫禄が備わっていないような、そんな能天気な雰囲気を、叔母は持っていた。

私はインスタントラーメンを作るためにひとつだけ所有しているアルミ製の鍋で湯を沸かし

曇る。

はじめた。換気扇は壊れていて動かないので、充満する熱気と湯気で、あっという間に眼鏡が
「もう少し、マトモな所、なかったの？」

配慮も遠慮もなくものを言うところは以前とまったく変わってはいないようだ。

「お金がなかったの？」

「……」

「芙見ちゃん、偉いんでしょ？　大学まで出てるんだし。ほら、何だっけ？　薬作る人」

工場街の排煙のようなタバコの煙を部屋中に振りまきながら、叔母が言う。

「薬作る人よ、何だっけ？」

「薬剤師」

私は無表情のままそう答え、家にある数少ない食器の中で、唯一ふたつそろっているマグカップに湯をそそぎ、ティーパックで紅茶をいれた。そして、そこだけ見ればまるでゴミ屋敷のように資料が散乱したコタツの上に、わずかな隙間を作ってマグカップを置いた。

「そうそれよそれ。それって、儲かるんじゃないの？」

叔母には相変わらず遠慮というものがない。「儲かる」だなんていう下品な言葉を平気で口にするデリカシーのなさに、私はあきれ果ててしまう。

「そんなの知らない。それに私は単なる月給取りだし」

紅茶の入ったカップを投げ付けたくなる衝動をやっとの思いで押さえ込み、私は言った。

「月給取りだったら芙見ちゃん、もうちょっとマトモな所、なかったのお？」

叔母は建てられてから三十年間、おそらく一度も取り替えられることもなくそこに存在し続けていると思われる、ささくれ立った畳を見ながら言った。

「ほら、畳の目が真っ直ぐじゃないでしょ、斜めになってるでしょ。そうとう古いわね。私も随分長く掃除の仕事してるけど、こんな畳、めったにお目にかかれない代物だわよ」

もう相手をするのも面倒になってきた。時計の針はもうすぐ夜中の十二時を指そうとしている。少なくとも今日は泊めるしかないだろう。

なんで、今さら。

なんで、今頃になって。

私はわざとらしいため息をついてから、ケンカを吹っかけるかのような勢いで言った。

「しょうがないでしょ。保証人になってくれる親戚がいなかったんだから」

叔母はタバコに吸い付いたまま、わざとみたいに目を大きくして固まってしまった。

「保証人がいないとね、マトモな所なんか、借りられないの」


私が大学を卒業して数カ月後、力尽きたかのように母が死んだ。すでに取り壊しが決まっていた市営住宅を引き払って職員寮に引っ越したのは、母が死んだ直後だった。

その職員寮で私は十年近くを過ごした。特に不満はなかったし、私としてもずっと職員寮暮らしで構わなかったのだが、そこには勤続十年までしかいられない、という決まりがあった。

そんなわけで昨年末から物件探しをはじめたのだが、血縁者に限られた保証人がいなくても貸してくれる物件は、ここだけだった。

「本当にいいんですか？　保証人、いなくて……」

師走の街の中で、大家さんに訊いた。

「あなたがしっかりしていれば、何の問題もないでしょ」

六十歳前後と思われる小柄な大家さんの声には江戸っ子のような張りと艶があった。

「袖振り合うも多生の縁って言葉があるじゃない。ひとつ屋根の下で暮らすんだから、これは相当な縁だわよ」

背筋をピンと伸ばしてはつらつとしゃべる大家さん。

私は聞こえないフリをした。

今さら誰かと縁を結ぶなんて、まっぴらごめんだ。私に必要なものは、そんなものではないはずだ。私は何かに腹を立てていたのだろう。自分さえ努力を重ねてゆきさえすれば、道は拓けるものだと信じていた。

それなのに。

このゴマンとある物件の中でこんな所しか借りることができない自分の境遇。それは、絶対に切り離すことができない自らの影のように、いつまでも私につきまとうのだろう。そう思うと、生きてゆく、という行為そのものが、私にとっては試練以外の何ものでもなかった。

「ま、仲良くやりましょうよ」

私はまた、聞こえないフリをした。

この雑居ビルは三階建てで、築年数は三十年くらい。一階南側にはお客がいるのを見たことがない薄暗い洋品店が、北側には常連しか来ないような定食屋がテナントとして入っている。二階はまったくの空き家。そして三階が南向きに大家さんの住居、北向きに三室、賃貸用の住居が薄暗い廊下に沿って並んでいる。間借り人は私だけだ。そんな状況だったせいか、大家さんも管理の意欲が湧かなかったようで、階段の手すりとドアのペンキは剥がれ落ち、一階の階段脇に三つ並んだ三階間借り人用のポストは何年前のものかわからないほどに色あせたチラシであふれ返り、いつからそうだったのか、廊下の蛍光灯はすべて取り外されたままだった。

まさに廃屋寸前。こういう立地条件は、商売をやるにしても人が住むために借りるにしても躊躇してしまう要素がありすぎるのだろう。道路に挟まれてうるさいし、ほとんどの部屋は北向きで日当たりが悪いし、それに何より間借り人として一番関わり合いたくない大家さんが同じ建物の中に住んでいるし。

しかし私にとってはそんなこと、どうでもいい話。どうせ寝に帰るだけだし、きちんと挨拶をしてゴミの出し方のルールさえ守って生活している限り、大抵の人とはトラブルなんて起きないものだし。それに私はそもそも必要最低限にしか人と関わり合わない主義なのだ。

母が死んでから、ずっとひとりで生きてきて、ひとりに慣れ過ぎていて、そしてひとりが一番気楽だった。他人とのつながりなんて、藪を歩く時に顔面にまとわりついてくるクモの巣と同じ。ただ煩わしいだけだ。

新たな出発。そんな華々しいものではなかったけれど、とにかく私は自分の力で何とか住む場所を獲得して、二〇一二年の年明けとともに、この雑居ビルの一室で新たな生活をはじめることになったのだった。


固まっていた叔母の表情もいつの間にか元に戻り、コタツに入り再びタバコを吹かしてくつろぎはじめている。

「で、食事はしてきたの？」

一応叔母に訊いてみる。そう言いながら、自分もまだ食事をしていないことに気が付いた。

「お弁当でよければ買ってこようか？」

時計はすでに夜の十二時を回っている。

「ああ、それなら心配いらないわよ。一階の定食屋さんで食べてきたから」

「あそこに入ったの？」

声が裏返ったのが自分でもわかった。

「何よ、変なこと言うわね。お店だもの。開いてりゃ入るわよ」

「いや……そういう意味で言ったんじゃなくって……」

「あそこのマスター、なかなかの腕だわね。十時の閉店間際に入ったからほとんど品切れだったんだけどね、残り物でよければぱって、もつ煮込みとエビフライ、出してくれたのよ」

「それでこんな時間まで?」

「話が弾んだのよ。あたしも一時期、賄いの仕事してたからね」

私は一階にテナントとして入っているその料理屋を思い浮かべた。ガラス越しに見る店内のカウンター席は、いつのぞいてみても同じような背中で占領されていた。疲れているくせに元気そうで、哀しいくせに楽しそうで、不幸なくせにしあわせそうな、そんな背中だ。

あの店の扉を開けてみる勇気なんて、あいにく私は持ち合わせてはいない。そもそもそんな必要なんて、ないのだ。

「芙見ちゃん、灰皿ないの?」

携帯灰皿がいっぱいになったのか、叔母が訊いてきた。

「あるわけないでしょ」

突き放すように私は言う。

「じゃあ、空き缶ない?」

私は焼き鳥の缶詰の空き缶を、軽く洗って叔母の前に放るように置いた。

「それ、最後にしてよ」

「相変わらず愛想が悪いわね」

叔母は缶の中に随分と長くなったタバコの灰を落とした。

「女の子がそれじゃあ、先々困るわよ」

よけいなお世話。声に出すのもばかばかしい。私はコタツの上に目をやった。最近発売開始になったばかりの新薬についての資料が積み上げられている。

製品概要、インタビューフォーム、審査結果報告書。

ひとつの薬にはその背景に、莫大な量の資料、情報が存在する。その中から正確な評価を導き出し判断を下すことなんて、所詮、不可能というものだろう。

それでも私は文字を追い、グラフを読んでゆく。

仕事に対する責任感か？　と問われれば、それとはちょっと違うような気もする。ではその奥にある倫理観か？　その方が近いのかもしれないが、それを確信できるだけの自信を、残念ながら今の私は持ち合わせてはいないようだ。

みなとの駅のコーヒースタンドの片隅で、広瀬さんから見せられたビラに書かれた文字が再びよみがえり、私の自信は更に揺らいで無力感とともに恐怖さえ湧き起こる。

叔母の吐き出すタバコの煙が、無力感と恐怖心にさいなまれ、落下して無残に壊れた玉子のようになった自尊心をも逆なでしてゆく。山積みされた資料の中に「既存の薬とはまったく異なる作用機序」という文字が見えた時、私は思わず「ふざけるな！」と叫びそうになった。

そういう表現ほど、うさんくさいものはないのだ。そして私は現実を見る。

今、現在進行形で争われている薬害裁判の原因となったイレールだって、十年前の売り出し文句はまさにそれだった。そしてもうひとつ「ドリームメディスン」というふれこみ付き。

「また随分とややこしそうなもの、読んでるわねえ」

叔母の声が、私の神経を更に過敏にさせる。

「ねえ、そんなの見ててておもしろいの？」

「おもしろいわけないでしょ」

叔母は今でもおもしろいかおもしろくないかという、極めて単純な感情だけを人生の指標として生きているのだろうか？

「おもしろいことだけやっていたらね、あっという間に失業者なんだよ、今の世の中」

頭の片隅にちらつく『人殺しのくせに』という文字とともに、それこそ文字通り働きづめで一生を終えた母のことが、流れ星のように一瞬頭をよぎった。

「あら、あたしはおもしろいことだけやったきたけど失業者になんかならなかったわよ。自慢じゃあないけどね、中学出て働き出してから、働いてなかったたって時期はないんだからね」

誇らしげに、叔母が言った。


「ちょっとマコちゃん。あんた、もう少しちゃんとした所に勤められないの？」

「これはあたしの天職なのよ。義姉さんにつべこべ言われる筋合いなんてないわよ」

小さい頃によく聞いた、母と叔母との会話。

叔母がいったいどういう仕事をしていたのか、幼かった私には、到底わかるはずもない。おそらく母は「安定性」という基準で考えた場合、叔母の仕事を決して好ましくは思っていなかった、ということだけは確かだろう。叔母はたぶん、そういう仕事を続けてきたのだ。それが過去形なのか、現在進行形なのかはわからない。しかしそんなことはどうでもいい。叔母は長くとも数日間、早ければ明日にでも私の前からいなくなる存在なのだ。この毒ガスのようなタバコの煙に汚染された部屋も、一夜の悪夢。とにかく今日は早く寝てしまおう。しかし寝る、と決めた瞬間、この家には布団が一組しかないことに気が付いた。

「今日、泊まっていくよね」

叔母に言った。

「こんな時間からどこ行けっていうのよ」

「布団がないんだ」

「それがどうしたのよ」

「おばちゃんが寝る布団なんて、ないんだってば」

自分の発している言葉の残酷さを理解していないわけではないのだけれど、私はそうすることによって、自分の中の何かを埋めている。

「あたしはここでいいわよ。このコタツで。ちゃんと布団で寝ると体調悪くなるタチなのよ」

そう言って、叔母は再びタバコに火をつける。缶の中の吸殻の本数を数えたら、すでに五本もあった。

深夜。

いつものように外に出た。蛍光灯が切れたままになっている洞窟のような雑居ビルの三階の廊下を通り、配管がむき出しになったままの建物の壁を右手に見ながら階段を上る。

背後を満月が放つ光に照らされながら、ぜんまい仕掛けの人形のように、ただ前だけを見据えて屋上へと向かった。

夜の屋上。

そこは、月の表面を連想させた。

果てしない、暗闇と静寂。

足元には自分の影が、まるで水たまりのように落ちている。

「マコちゃん、ほんとにもう、これが最後だからね」

「わかりました。恩にきる。義姉さん様様」

「あんたも人がよすぎるよ。そこまでして出て行った旦那の親の面倒なんかみなくったって」

幼い頃、隣の部屋から漏れてきた母と叔母との会話。

「自分が産んだ子の面倒見るのだって嫌になる時があるってのに。血なんかつながらない他人の面倒をどうしてそこまでしてみないといけないんだろうね。あたしはもう芙見だけでたくさんよ、苦労するのは」

それはまるで、お互いがあらかじめ決められた台詞を読んでいるようで、内容の残酷さに反してその会話は抑揚なく続けられた。

あるいはそう聞こえたのは、夜の暗闇と静寂が、特殊なフィルターの役割を果たしていたからなのかもしれない。

だからきっと、今でも私はそれに寄り添うのだ。

夜の暗闇と、静寂に。

──お母さん、私もう、誰の世話にもなってないんだから
私は月をにらみつけるようにしてつぶやく。

──私、誰にも迷惑かけてないんだから　ちゃんと、自分の力で生きているんだから
行き場のない私の怒りは月へと届いたのだろうか？

月は相変わらず、あの時と同じままだ。幼い頃、心細さを抱えたまま布団の中で見ていたあの時と、同じままだ。

暗闇と静寂。

月は何も言わないまま、今の私を照らし続ける。

もし触れることができるのならば、その指先が、一瞬にして凍りついてしまいそうな、凍てつくような、満月の光。

第三章　大家さん

目覚めかけている意識の奥で、不快な音が響いている。

人と人とがしゃべっている声とか、音楽とか。

でも、人の声は雑踏の中で耳にする演説のように何を言っているのかさっぱり聞き取ることができないし、音楽は、音程のはっきりしない子どもの発声のように不安定で、その旋律さえ聞き取ることができない。

ただ不快なだけの音の群れ。

再び眠りに入ることさえできないままに、私の意識は振り子のように、夢の中と現実との間を行ったり来たりしているようだ。

分厚い掛け布団の重さによって、重力を身体全体に嫌というほど感じながら、自分が今、布団の中で寝ていることに気付きはじめる。

そうだった。昨日の夜、叔母が来たんだった。

思い出した途端、重石をつけられ、海の底に引きずり込まれてゆく荷物のように、私の気持ちは沈んでいった。全身が、ずっしりと重いその水圧に押しつぶされてしまいそうである。それを何とか跳ねのけようと、私は一大決心をして寝返りを打って目を開けてみた。

私のいる部屋とその隣の叔母がいるテレビの部屋とを仕切るボロボロのふすま全体から、日の光とは明らかに違う、人工的な光が漏れてきているのが見えた。

時計を見たら、もうすぐ六時である。

もう起きる時間なのだが、身体の疲れはまったく取れてはいなかった。取れるどころか、眠る前の十倍くらいに膨れ上がっているようだ。

いつものことだ。

それに加え、今日は精神の焦燥感が普段に増してひどかった。叔母が隣の部屋にいることを除いては、何か決定的に嫌なことがあるわけでもない。いつもと同じ日常が続くだけなのに。

毎朝味わうこの心身共通した疲労感は、時に生きてゆくことさえ憂鬱にさせる。

隣の部屋からは、ふすまを通り越してきた不快な光とともに、まるで地を這う毒ガスのような、神経を不必要に過敏にさせる音が聞こえてくる。

それはテレビの音だった。

そこから流れてくるのはニュース、というよりワイドショーのようである。朝っぱらから何をそんなに騒いでいるんだ、とテレビ局に文句を言いたくなるくらいに出演者たちは騒々しい。ＣＭに切り換わって一時的に静けさが戻ったその瞬間、ライターに火をつける音が聞こえた。

シュッ。続けて、パチン。

叔母がタバコに火をつける音だ。

その音を聞いた瞬間、タバコ同様、私の怒りにも火がついて、それは一瞬にして私を支配していた焦燥感を吹き飛ばした。

「朝っぱらからやめてよ！」

湿気をたっぷりと含んだ重い布団を飛び出し、ふすまを開ける。

血液が、万有引力の法則に従ってサーッと足元に落ちてゆく音が聞こえてきそうなほどのひどい立ちくらみを起こしながら、私は叔母を怒鳴りつけた。

「何よ。芙見ちゃん、起き掛けの一服じゃない」

タバコの煙を、口元をタコのようにして吐き出しながら、叔母が言った。

「まったく、びっくりさせてくれるわね。心臓に悪いわよ」

部屋の空気の汚れ具合と、人間がいることによって生じる空気の生ぬるさから、叔母が一晩中起きていたであろうことは容易に察することができた。

しかし何も言う気にはなれない。そもそも叔母を相手に朝っぱらからケンカをするような気力も体力も、私はあいにく持ち合わせてはいなかった。

やれやれ。

こうなったらもう一刻も早く家を出てしまおう。そうするに限る。

資料をカバンに詰め込んでいる時、この家の中には食料品が、二合ばかりの米と賞味期限が一日過ぎた食パン二枚以外、何もないことに気が付いた。

今日は仕事が終わってから夜間救急の準夜勤務に行く予定が入っているため、帰宅は深夜十二時を過ぎるだろう。

「おばちゃん、これで何か買って適当に食べといてよ」

財布から一万円札を取り出して、叔母に渡そうとしている自分に自分でもあきれてしまう。

「心配ご無用。ほら、お金ならここに」

そう言いながら、叔母は「寸志」とハンコが押された薄っぺらな茶封筒をリュックから取り出して、まるで黄門様の印籠のように誇らしげに私に見せた。

私はそれを無視し、一万円札をコタツの上に置いて玄関を開けた。周囲はまだ薄暗く、電車が走る音だけが、冷たい空気を切り裂くように聞こえてくる。

「行ってらっしゃ～い」

叔母の声。

振り返るとタバコの煙で白く霞んだ空間の中で、能天気に顔の脇で手をヒラヒラさせている叔母の姿が見えた。

何が行ってらっしゃいだ。

自分の家でもないくせに。そもそもそんなことを言われる筋合いなんて、私たちの間にあるはずがない。私のイライラは、胃の辺りで吐き気に変わりそうだった。そのイライラをぶつけるように、私は扉を思いっきり閉めた。ドラム缶を棒で力いっぱいたたいたような音を立てて玄関の扉が閉まったのを確認し、私は階段を下りて行った。

「今日は早いわねえ」

階段を下りた所で大家さんに会った。こんな早朝だというのに雑居ビルの前の道路をほうきで掃いている。まったく、今日は朝っぱらからついていない。

特に急いでいるわけではなかったけれど、目を合わせないように挨拶だけをして立ち去ろうとしたら、大家さんは、まるでネコがエサをもらうために擦り寄って来る時のように、音もなく私に近付いて来た。

「姫野さん。昨日の夜、誰か来てた?」

表面上毅然とした態度を取り繕ってはいるものの、全体に漂う雰囲気から、観光客にエサをまかれた神社のハトのような落ち着きのなさが伝わってきた。

好奇心でいっぱいのようだ。

「うるさくしてしまって……。すみませんでした」

イエスともノーとも答えずに、取り合えずそう言っておく。

「そんなことはいいのよ。それより、誰か来てた?」

「すみません……」

「誰だったの?」

擦り寄って来る大家さんの肩が、私の肩に触れた。

「あの、叔母が……」

いずれわかってしまうことだ。

「姫野さんにおばさん、いたんだ」

「根なし草の叔母が、十年ぶりに……」

「ずっと、居所がわからなくって……」

「そう……」

エサ場を見つけた野良ネコのように、大家さんの目がキラリと光った。

「行ってらっしゃい」

大家さんの声を背中に受けながら、私は危険地帯を何とか抜け出した冒険者のような心境のまま、駅へと向かう。

まったく。やれやれだ。

大みそかにここに越して来てから十日がたとうとしているけれど、どういうわけか毎朝のように大家さんに会っている。

これは、予想外のことだった。

仕事に行く私の邪魔をしてはいけないのだ、という良識くらいはちゃんと持ち合わせてはいるようで、長話に巻き込まれることはなく、今のところは挨拶を交わすだけで済んではいるけれど、さすがにこう毎朝ともなれば、いささか窮屈を感じはじめてもいた。

仕事で発生する人間関係は仕方がないと割り切ってはいるものの、それ以外に自分の人生に他人が関わってくることに、私はどうも慣れていないようだ。と言っても大家さんの生活に後から割り込んでいったのは私の方なのだし、それはもう仕方のないことだと割り切って、朝の挨拶だけは続けることにしている。

それ以上の関係になんか、絶対になるものか。

他人とのつながりなんて、煩わしいだけ。私はこれからも、大家さんに無表情の挨拶を続けるだけだ。

しかし。

さっきの大家さんの目。

エサ場を見つけた野良ネコのような、大きな期待に胸をときめかせているかのような、あの、大家さんの目。

これは何としてでも早いうちに叔母に出て行ってもらわなければ。

そう決心を固めて、まだ人もまばらな早朝の改札を抜けた。

仕事を大急ぎで終わらせた後、最寄りの駅からみなとの駅に向かう電車に乗った。そこからバスに乗り換えて、今日はこれから夜間救急の準夜勤務へと向かう。

昨日、広瀬さんから見せられたビラに書かれたあの文字が、どういうわけか、頭から離れてはくれない。

不特定多数の人から指をさされて非難されている感覚が、今日一日続いていた。おそらくそれは宿命のように、決して私から離れることはないだろう。

不快の余韻を引きずったまま、私は窓の外に目をやった。

この車両の乗客は私だけだ。

高架になった線路の上を、電車は規則正しい振動を足元に伝えながら走る。進行方向左側には、なぜか幻想的にさえ思えてしまう照明に浮かび上がった工業地帯が見える。

私は携帯電話を取り出して、着信メールを開いてみた。

「広瀬優子」の名前ばかりが並んでいるのは、アドレスを彼女にだけしか教えていないからである。

〈十一月十六日　イレールの件

あの高裁判決には驚き、ちょっととまどっています。これから私たちは何を指標に仕事をしてゆけばいいのでしょうか?〉

約二カ月前、高裁判決が出された翌日に送られてきた、彼女からのメール。

私は電車の揺れに身をまかせたまま、窓の外に広がる風景を眺めた。

イレール……か。

イレールが発売された二〇〇二年は、私たちが薬剤師となった年だ。今となっては言い訳にしかならないが、日常業務を覚えること、またそれをこなすことにただただ必死だった。その当時、現在進行形だったイレールに絡む一連の出来事は、私の日常業務にはもちろんのこと、視野にも入ってはこなかったのだ。

いや、もし私がその当時、新人ではなくベテランと言われる立場であったとして、どれだけ関心を持ってその事態と向き合えていたのか、それはあやしい。「またか」程度の認識しか持てなかったかもしれない。実際に関わった、あるいは常日頃から薬害にかなりの関心を持ってでもいない限り、いくら同じ業界といってもその程度の関心しか抱けないのは、むしろ自然なことなのかもしれない。

私は再び携帯電話の画面に目をやった。

〈あの高裁判決には驚き、ちょっととまどっています〉

もう一度、広瀬さんからのメールを読む。

私はこれからも、この仕事を続けてゆくことができるのだろうか?

私にその資格は、あるのだろうか?

軽い動悸を感じかけた時、電車は目的地に到着した。


みなとの駅。

埋立地にポツンと建つその駅は、いつもそうだが夜ともなれば、海原を漂う小船のように、そこだけがぼんやりと明るい。

腕時計の針は六時半を指している。文字盤の上の部分がイチョウの葉の形に切り取られ、そこに太陽と三日月が十二時間ごとに交互に昇ってきては沈んでゆく。

そんな仕掛けがほどこされたその時計は、高校の入学祝いとして叔母からもらったものだった。

昨日の夜遅く、十年ぶりに突然やって来た叔母。今頃殺風景な部屋の中で、ひとりでポツンとテレビを見ながらタバコを吸っているであろう叔母の姿が一瞬頭に浮かんだけれど、海岸から吹いてくる潮風はそれをあっけなく吹き飛ばしてしまった。

私は誰もいないホームの上に立ち止まる。視界の中に飛び込んでくるのは、自分が目を開けているのか閉じているのかさえわからなくなるような、真っ黒な闇だけ。一見しただけでは海なのか空なのか陸なのか、一面に墨を塗ったかのような色彩だけではそれを判別することはできない。しかしよく見てみると、湾を挟んだ向こう岸に、星を散りばめたような無数の光が見える。それがちょうど、海と陸との境目だ。

でも、私のまわりはひたすら続く出口のない闇のようで、自分の立っている場所が、ふとわからなくなる。

〈何を指標に仕事をしてゆけばいいのでしょうか?〉

広瀬さんからのメール。

私はずっしりと肩に食い込むカバンの重さを痛いほどに感じていた。発売される新薬の資料が一式入っている。私たちはそれを熟読し、実際に薬を使用するにあたって有効性や安全性を見極める際の、最も重要な指標としているのだ。

利益を追求しなければならない製薬企業が自社製品が不利になるような情報を出したがらな

いのは、仕方のないことでもある。だからこそ、それをきちんと監督指導する責任が、厚労省には求められているのではないのか？

しかし、今、実際の厚労省はどうなのだろう？

私たちは、それを信じることができなくなろうとしていた。

不安と重責をその重い荷物とともに抱えながらホームを歩き出した時、闇の向こうに人影を見つけた。

広瀬さんだった。

「昨日の話の続き。聞かせてよ」

平均台の上を歩くかのような慎重な足取りで、一歩一歩私に近付きながら、広瀬さんが言った。

「昨日の話？」

「合格発表の新聞の話」

「合格発表の新聞の話？」

「そう、空を漂っているって」

そうだった。

昨日の別れ際、ちょうどこの場所で、薬剤師国家試験の合格発表の新聞の話をしている途中で電車が来たんだった。

「ああ、あれね」

私は広瀬さんに気付かれないように深呼吸をしながら当時のことを思い出す。

「母が死んだ時ね、棺桶に入れたんだ。だから火葬場の煙突から煙になって空に飛んでいったってわけ」

ハケで真っ黒に塗りつぶしたかのような夜空を見上げて私は言った。

母はその新聞と一緒に、穏やかに旅立ってくれただろうか？

新聞配達を仕事とし、私のためにだけ生きたような母は、今頃はあの世でゆっくりとくつろぎながら、その新聞を眺めてくれているだろうか？

何も言わない夜空の月を見つめながら、あふれ出しそうになる母との思い出のふたを、そっと閉じて言葉を続ける。

「私には、それしか母にあげるものがなかったからね」

「そうなんだ」

広瀬さんが言った。

遠くに見える静かな海面が、工場街からの光を受けて、新緑に反射する午後の日差しのようにキラキラと輝いている。

「本当に、私にはそれしか、母にあげるものがなかったから」

私はそう言って広瀬さんを見た。彼女の目の中に、星が映っているかのような光が見えた。

「うちは父が喜んでね。取ってた新聞は『広瀬優』そこで改行されて『子』だったのよ。そんなのどうでもいいのに、父にしてみればそれじゃあ気に入らなかったのね。駅の売店までわざわざ他の新聞買いに行ったの。笑っちゃうでしょ」

私が母に私の氏名が書かれた新聞を見せた時、母はもう病院のベッドから起き上がることができなくて、私が母の顔の前にかざしたその新聞をしばらく眺めた後、眠るように目を閉じて、そして、静かな涙をひとすじだけ、流した。

「親はあれだけ喜んでくれたのに、今の私たち、それに応えるだけの仕事をしているだろうか？」

遠くを見つめながら、広瀬さんが言った。

「そうだね」

私はこれから夜間救急の準夜勤務へと向かう。

自分の気持ちと行動が乖離してゆく違和感を、どうすることもできないでいる。

私にこの仕事を続ける資格はあるのだろうか？

「広瀬さん、私は、自信がないよ……」

私の声は、光を振りまきながらホームに入ってきた彼女の乗る上り電車の騒音に、あっけなくかき消されてしまった。そしてかき消されたその後に、なぜか母の姿が浮かんできた。やわらかな日差しを全身に受けながら、バイクに乗って新聞を配る、母の姿だった。

これは私の記憶なのか？

「お疲れさま」

ほんのひとときの間、彼女と共有したやさしい思い出の余韻の中で、私は彼女を見送った。

家に帰り着いたのは深夜一時を過ぎていた。

部屋に電気がついている気配がなかったので、叔母はもう寝てしまったのだろう、と少しほっとする。昨夜は随分遅くまで起きていた、というか、朝まで眠らずに起きていたようだったから、さすがにその疲れが出たのだろう。

それは私にとっては好都合だった。今はとても叔母の相手をする気になんかなれない。身体も適度に疲れていたし、それに何より自分の気持ちを整理することすら満足にできないというこの状況の中、どうして他人の相手などできようか。

叔母を起こさないように、そっと鍵を回す。玄関の電気をつけないまま靴を脱ごうとしたその時、足元に伝わってくる気配から、玄関に叔母の靴がないことに気が付いた。暗闇をまさぐり電気をつけてみる。やはりそこには叔母の靴は、なかった。

「おばちゃん」

部屋に向かって叫ぶ。学芸会の台詞のように。

「おばちゃん！」

しかしどこにも叔母の姿はなかった。私の発した声だけが、誰もいない空間の中に空しく吸い込まれていった。

「おばちゃん！」

出て行ったのか？

不思議なことに、その時私の胸に到来したのは安堵感ではなく喪失感だった。

どうしてだろう？

母の死以降、いや、もしかしたら、もっとずっと前から、失うものを何ひとつとして持たなかった私の、はじめて感じる喪失感だったのかもしれない。

自分でもその感覚に戸惑いながら、私は玄関から外に飛び出した。

大家さんの部屋の電気も消えていて、ここはまさに暗闇と静寂の世界だった。ただ、満月を一日過ぎた月だけが、私だけを照らすスポットライトのように夜空に浮かんでいた。

理由のぼやけた喪失感が再び湧き起こった時、突然、階段の下から大騒ぎ、と言っても決して過言ではないほどの騒々しい笑い声が、静寂を打ち破った。

駅前に数件点在している居酒屋帰りの酔っ払いだろうと思っていたら、その声と足音が、どうやら階段を上って来る気配。

暗闇の中、影絵のようにふたつの人影が現れた時には、その音さえ聞こえるのではないかと思うほどに、心臓がドクンと波打った。

大家さんと、おばちゃんだった。

「あ～ら、芙見ちゃあ～ん」

全身の力が一気に抜けて、手を離された操り人形のように、私はその場にへたりこんだ。

何でそんなに能天気になれるのか。イチョウの木に群がる鳥のように騒がしい叔母の声は、さっき湧き起こった喪失感を一瞬にして吹き消して、そのかわりにいら立ちさえ運んできた。

お互いを支えあうようにして、ふたりはこっちに向かって歩いて来た。そのふたりの背格好は、まるで細胞分裂したばかりのふたつの細胞のようにそっくりだった。足元のふらつき具合までもが同じである。アルコールを一滴も飲まない私は、今、ふたりがどんな気分でいるのかを想像することなど到底できるはずはないのだけれど、あふれ出す泉のような口調や花電車にでも乗っているかのような表情などから察するに、大変機嫌も気分もいいのだろう、ということくらいは感じ取ることができた。

「姫野さん、おばさん、借りたわよお」

座り込んだままの私の肩に置かれた大家さんの手が、まるで使い捨てカイロのように温かかった。

「いえ、叔母が迷惑かけたみたいで……」

重力を全身に感じながら、私は立ち上がった。さっき一気に放出されたアドレナリンの影響がまだ残っているのか、膝が不安定にガクガクと揺れる。

叔母がいなくなってしまったと思った時に湧いた喪失感。酔っ払った叔母を見た時に湧いたいら立ち。そのジェットコースターの急降下みたいに突然変わった感情の変化に、私の細胞はめちゃめちゃになってしまったかのようである。

「迷惑を、かけてしまって」

それだけ言うのが精一杯だった。

叔母の、遠慮というものをほとんど持ち合わせていない性格と、今朝の大家さんが見せたエサ場を見つけた野良ネコのようなキラリと光った目を思い比べたら、実際のところ、いったいどっちが誘ったのかを推測するのは至難のわざである。

「本当に、すみません」

取り合えず、そう言っておく。

「迷惑なんてかけちゃいないわよお」と、叔母。

「迷惑なんてかけられちゃいないわよお」と、大家さん。

私は叔母を抱えるようにして部屋へと連れて行き、コタツの部屋に、まるで大きな荷物のように押し込んだ。そして、鍵穴になかなか鍵を差し込むことができないでいる大家さんにかわって鍵を開け、居間まで連れて行った。はじめて入る大家さんの部屋は、まるで嵐が吹き荒れた後のように荒れていて、その床の上には封筒と中身がバラバラになった郵便物が散乱し、コタツの上には半分食べかけの菓子パンがひとつ、転がっていた。


叔母がコタツで眠ったことを確認してから、私はまた屋上へと向かった。

ここに越して来てからというもの、毎晩、儀式のように続けている私の習慣である。

階段を上りきると、たどり着いたその先には、暗闇と静寂の中、月の光に照らされた広い空間が広がっている。光、と呼ぶにはそれはあまりにも力強さに欠けてはいたが、暗闇の中で、それは間違いなく光だった。

空気が湿気を含んでいるためか、その輪郭をぼんやりと霞ませた、満月を一日だけ過ぎた月が放つやさしい光の下は、まさに舞台のようだった。

私だけの、月の舞台。

やわらかなスポットライトに照らされた、私だけの、月の舞台だ。

月からの光は穏やかに、そして静かに私を照らしてくれる。

――お母さん
合格者の掲載された新聞を、力のない目で眺めた後、その閉じられた目から流れたひとすじの涙を思い出した。

定規で引いたような、真っすぐな涙。

――お母さん
母のお通夜の晩。誰もいなくなった祭壇の前。桐の箱の中で動かない母との距離は、月と同じくらいに遠かった。母の死というものが何を意味するのか、その時の私に理解できるはずもなく、母との間にできた距離さえうまくつかむことができないままに、たたずんでいた私。

ただ、遠い存在でありながら、これ以上近くなることもなければ遠くなることもない夜空に浮かぶ月の姿を母に重ねて見つめていたら、瞬きをしたと同時に、ひとすじの涙が頬をつたった。

母が流した涙と同じ、真っすぐに頬をつたう、ひとすじの涙だった。

あの日から、もうすぐ十年がたとうとしている。

――お母さん

ぼんやりと霞む月の横を、その時の涙のような星が流れ、暗闇の中に吸い込まれる絹糸のように、消えた。

第四章　おそれ

「絶対に許しません」

教室二部屋分ほどの広さがあるみなと病院の多目的室。

矢部薬局長が、ホワイトボードを背にしゃべっている。

入職当時、私の上司だった彼女は、以前と変わることのない聞き取るのにかなりの集中力を必要とする小さな声でボソボソとしゃべっている。

みなと病院は広瀬さんが配属されている病院である。その五階にあるこの多目的室からは、工業地帯や桟橋に接岸する船とともに、その先にある海を見渡すことができる。海といっても湾だから、その海面は、いつも鏡のように穏やかである。

その上に、何隻かの貨物船が浮かんでいる。じっと見ていても、それらは動く気配がない。夕方へと向かう真冬の透明な光の中で、その光景は、まるで白を使わずに描かれた風景画のようだった。

今日の午後は、グループ全体の薬剤師が集まっての会議が行なわれていた。

グループ内にある四つの病院と四つの保険薬局の薬剤師を合わせると、その人数は総勢四十人を数える。大所帯というほどではないのだが、このくらいの規模になってくれば知らない顔ぶれも増えてくる。また、病院と保険薬局の仕事の内容の特殊性なども手伝って、定期的な院所間の交流は必要不可欠だという理由から、二カ月に一度、このような、全部の院所の薬剤師が集まる会議の時間が持たれている。もっとも仕事が仕事だけに、全員参加など到底かなうはずもなく、その時間帯の外来診療は休診になってはいるものの、出席率は毎回五割弱、といったところだろうか。内容は、新薬の学習や副作用の症例報告といった学術的なものから、診療報酬改定についてや経営方針といった実務的なものに至るまで、実にさまざまである。

今日の議題は「薬害について」だった。

事前配布されたプログラムには「薬害イレール裁判の問題点と今後の活動について」という副題が書かれている。

昨年十一月、国と製薬企業の責任を認めた地裁判決を覆し、製薬企業にも国にも責任はない、という原告敗訴の判決が、東京高裁で出されていた。

「イレール……か」

私は重い気分のまま、この会議に参加している。

空調の音以外、何ひとつ音を発するもののない空間の中、矢部薬局長の声だけが、まるで旧式のラジオから聞こえてくる音楽のように漂っている。

「大企業に甘い国の姿勢、対応の遅さ、情報の隠蔽。利益優先の企業の体質も、事なかれ主義の薬事行政も、サリドマイドの頃からちっとも変わってはいません」

彼女は五十代半ば。九〇年代から職場をあげて取り組まれている薬害裁判支援活動の中心的役割を担うべく設置されている「薬害委員会」の責任者でもある。

「昨年十一月の高裁判決は、絶対に許すことはできません」

彼女は続ける。

その口調は、まるで強風の中でしゃべっているかのように不明瞭で聞き取りにくいのだが、二十人近くいる出席者の中の誰ひとりとして、それを指摘する人はいなかった。

そもそも具体的な問題提起など何もなく、感情的なことばかりを言われたら、誰もまともに聞いている人などいないだろう。

私は夕方の日差しを反射して光る海面から目をそらし、矢部薬局長に目をやった。

彼女は手にしたメモから目を離さないまま、顔をこちらに向けることもない。学会で原稿を読んでいるかのように、ただたんたんと続けられるその話の意味するものを、私は理解できずにいた。ただ、彼女の怒りだけは、工場から吐き出される煙のように、部屋全体を不快に覆っていた。

その怒りの矛先は、製薬企業と厚労省。彼女の怒りの対象は、昔からその二点のみに絞られている。

——それは、ちょっと違うのではないだろうか？

その時、春のかげろうのようなつかみどころのない感情が、私の中に湧いてきた。

「それは、ちょっと違うのではないだろうか？」と。

矢部薬局長の怒り。製薬企業と厚労省を許せないという、彼女の思い。

それはもちろん、否定する隙間もないほどに、圧倒的に正しいのだろう。

それは、わかる。

しかし、何かが、それも大切な何かが欠けているような気もする。

――あなたは、自分自身に対しておそれというものを感じないのですか？

明確な自信を持てないままに、ゆらゆら揺れる、心の声。

二日前の月曜日、広瀬さんから見せられた、薬害根絶デーで配ったビラの裏面に書かれていた『人殺しのくせに』という文字が、さっきから頭の中でちらついている。

「絶対に許しません」という言葉が繰り返されるたび、一度敵に向かって投げられたそれが、まるでブーメランのように私を目がけて戻って来るようで、私は思わず頭を抱えたくなる。

――薬害においては、私たちは常に薬を使用する側にいるではありませんか
この問い掛けに達すると、私は自分が怖くなる。

――加害者になる可能性だって、あるのではないですか？

この仕事を続けてゆくことが、怖くなる。

実際にイレールが医療現場で使われ出したのは二〇〇二年のことだから、ちょうど私が入職した年だ。当時私が配属されていたわかば病院ではその使用はなかったけれど、このみなと病

院では数例の使用症例があり、死亡例も出ていると聞いた。

もし、私がその場所にいたら……？

法的な責任を問われて裁判の被告になるようなことはないにしても、道義的責任は背負い続けることになっていたことだけは、確かだろう。

私だったら阻止できました、なんて、いったい誰にそんなことが言えるというのだろう。

そもそも発売当初の添付文書から、いったい誰がこんな事態、発売開始から半年間で一八〇人、二年半で五五七人もの患者が副作用で死亡するといった事態を想像できようか。

とは言っても、実際使用した側である私たち医療従事者は、もしかしたら加害者の一員なのかもしれない、という思いを拭い去ることができないでいる。

あるいは私のこんな考え方は「感情的過ぎる」と言われるかもしれない。しかし広瀬さんも言っていたように、私たちは常に「おそれ」を持たないといけないのだろう。そんなふうに、ある意味、立場が非常に微妙である私たちが、原告を支援するという形でこれから先も、薬害裁判支援に関わってゆくということが、実際正しいことなのか、わからなくなってくるのだ。

みなとの駅のコーヒースタンドで広瀬さんから見せられた、黄色いビラに書かれた文字。

私たちを責める、その言葉。

それが、土砂降りの雨のように私をたたき続けていた。

私は机に顔を突っ伏したまま、すべてを拒絶するかのように固く目を閉じてじっとしていた。自分の立場の危うさと自信のなさに、知らない街で道に迷った時のような心細さでいっぱいになる。

その時、ふいに肩をつつかれて顔を上げると、白衣姿の広瀬さんが、隣の席に座っていた。

「やっと仕事、抜けて来たんだけどさ」

「お疲れさま」

「仕事抜けてまで聞くような話じゃあ、なさそうだね」

「寝てたわけじゃないよ」

顔を上げ眼鏡を掛け直した時、今までのボソボソとした声とは別人のようなはっきりとした口調で、矢部薬局長が言った。

「最後にひとつ、これだけは確認しておきたいんだけど」

さっきまで下を向いたままメモから離れなかった彼女の目が、獲物を見つけた爬虫類のように司会者を見据えていた。

いつの間にか彼女の話は終わり、フロアからも質問が何ひとつとして出なかったようで、司会者が次の議題に移ろうとしたところだったようだ。

「どうぞ。ただ時間も押していますので手短にお願いします」

司会をしているのは沢田くんだ。私と広瀬さんのひとつ後輩に当たる。歌舞伎役者のような品のよい整った顔立ちに浮かべる笑みには、見る人すべてをほっとさせてしまう不思議な力がある。その第一印象通り、穏やかな物言いと、控えめでありながら誰に対しても親切で面倒見のよい性格のためか、上司からも後輩からも人気がある。

「山之内くんに確認しておきたいんだけど」

私の斜め前に座っていた山之内さんが、はっと突かれたように顔を上げた。ざわつきはじめていた部屋全体に、得体の知れない緊張感がみなぎった。

「あの時、どうしてイレールの処方をそのまま通したの?」

矢部薬局長が、言った。

その声には、さっきまでとは明らかに違う、攻撃的な響きが感じられた。

「あの薬はまだ、院所の採用委員会で正式には承認されていなかったわよね」

採用委員会とは、薬を有効性、安全性、時に経済性の面から分析、検討し、院所の中での薬の採用についてを決定する委員会で、医師、薬剤師、看護師、事務というメンバーで構成されている。

薬、特に未知の副作用が起こる可能性を秘めていて、有効性、安全性の評価がきちんと定まっていない新薬の安易な使用を組織として避け、安全に薬を使用する環境を作ってゆくことを目的としている。

「あの時だって、採用委員会がしっかり機能していれば、イレールの安易な使用は避けられたんじゃないの?」

山之内さんは四十代後半。十年前、イレールが発売になった当時、このグループ内で唯一イレールを使用したみなと病院の当時の薬局長だった人だ。

部屋の中は静まり返り、誰も発言しようとする人はいないどころか、誰ひとりとして身動きひとつ、しなかった。

無関心だからではない。

医療機関にとって薬害というものは、被害と加害の関係には非常に微妙なものがある。その危うさをわかっているからこそ、誰も安易に発言しようとはしないのだ。

「僕が、悪かったんです」

彼の肩が、小さく震えた。

山之内さんは物静かな勉強家である。休み時間は食事をする以外は文献を読んでいる、そういう人だ。その知識を自分からひけらかすようなことは決してしないが、わからないことを質問すると、しつこいくらいに細かく丁寧に教えてくれる面倒見のよさも持ち合わせている。常に謙虚で思いやりもあり、患者に対する彼の服薬指導から、私は多くのことを教わった。

「あれは本当に、僕が悪かったんです」

視線だけを山之内さんの方へと動かすと、その背中は、天敵におびえる小動物のようにも見えた。言い訳することもなく、また居直るわけでもなく、当時のそこの責任者としてすべての責任を自らの身に引き受けようとする姿は潔いのかもしれないが、何かが違うような気もする。

言いたいこともあるだろう。

私たちに対して。そして、今こうして、みんなの前で無神経にも責任を追及してくる矢部薬局長に対して。

ただそれは、当事者の口からは言えないことだ。すべてに謙虚な山之内さんの日頃の行動から考えても、彼が自分の口から弁解めいた発言をするはずはないだろうということは、容易に想像できる。

しかし、今の山之内さんと同じ立場に立たされた時、誰もが共通して思うのは、おそらくこういうことだろう。

――あなただったら、阻止できたのですか？――と。

答えはもちろん「ＮＯ」である。誰もそれを阻止することなんて、できなかっただろう。

部屋の中の空気が薄くなってしまったかのような圧迫感が、霧のようにあたりに立ち込めはじめた。その中で私たちは、まるで狭い金魚鉢の中で酸欠状態になった金魚のようだった。

ぼやけそうになる意識の中で、私の中に怒りにも似た感情が湧き起こり、それは徐々に言葉の形を作っていった。

――矢部薬局長。あなたには自分に対するおそれというものはないのですか？

部屋の中は、再び窓の外に見える海面のように静かになってゆく。その沈黙の中、矢部薬局長の虚ろな視線が、ゆらゆらと空間をさまよっている。

言わなければ。

鼓動が激しくなり、手の平にじっとりと汗がにじんでくるのが、自分でもわかる。

私が、言わなければ。

当事者の山之内さんのかわりに、私が、言わなければ。

その気持ちの動きに反するかのように、心臓の鼓動は速くなり、頭はぼんやりとかすみ、身体の力は抜けてゆく。

「沢田くん、ちょっと言いたいんだけど」

その時、隣の席の広瀬さんが、たまりかねた、という感じで司会をしている沢田くんに向かって手を上げた。

「はい、広瀬さん。どうぞ」

沢田くんの顔には、誰が見てもわかるような安堵の表情が浮かび、それはまわりに敏感に伝わったようだ。室内の空気が一瞬、緊張を解かれたためか、かすかに動いた。

「矢部薬局長。それは個人を責めるような問題ではないと思いますが」

水面に投げ込まれた小石が立てる音のような、澄んだ声だった。広瀬さんの発言に顔を上げ、うなずいている人が何人もいる。

「それ、どういうこと?」

矢部薬局長はサイのような小さな目を広瀬さんに向けた。今まで聞いたことがないくらい、鮮明な声だった。

「言葉通りですよ。これは個人を責める問題じゃあない。組織としての問題だ、と言っているんです」

広瀬さんは、どんな時でも誰に対しても同じように接する人だ。相手が誰であるかによって、その態度を変えるようなことは決してしない。どんな時だって、彼女の行動の指標になるものは、損得でもなく、また自分自身の保身でもなく、自らの中にある倫理観だった。

彼女はそういう人だ。

その実直さが時として上にとっては扱い難さとなるようで、上司からの受けは決してよくはないけれど、その、はっきりとした一貫性のある性格とそれに基づく行動は、当然のように後輩たちから信頼され、圧倒的な支持を獲得している。

「私だってね、本当はこんなこと、言いたくなんかないのよ。あなたは個人の責任を問うのがよくないみたいなことを言っているようだけど、個人個人が自分の仕事に責任を持たないでどうするの？　そこが一番大事なところなんじゃないの？」

矢部薬局長が、言った。

この人は、組織というものがどういうものか、そして、その組織の中で、上に立つ者の責任というものがどういうものなのか、それがまるでわかってはいないようだった。

「個人個人が自らの行動に責任を持つ。それは矢部薬局長のおっしゃる通り。別に否定はしませんよ」

「だったらどうして……」

「しかしそのことと今回のこととは、次元がまったく違います」

ホワイトボードを背に、フロア全体を見渡せる位置にいる矢部薬局長と、一番後ろの席にいる広瀬さんは、まさに多目的室の真ん中を挟むようにして前と後ろで言い合う形になっていた。そこに挟まれた人たちは、まるで投げ交わされるボールの行方を追うかのように、緊張した空気が漂う中で、首を左右に動かしている。

「その理由は……」

ここで広瀬さんは一回深呼吸をして呼吸を整える。

会議の場、ということもあってか、意識的に声のトーンを落としてはいるようだが、その口調は私同様、何かへの怒りと自分に対してのおそれに満ちているようだった。

「その理由は、そもそも当時の採用委員会がきちんと機能していたとは思えないからです。現状を見たって、それは明らかではないですか」

採用委員会の構成メンバーは医師をはじめ多職種に渡るが、実際のところ、その実務運営は薬剤師に任されている。そして、その担当薬剤師は、矢部薬局長をはじめ、管理職で占められている。

「どうして採用にもなっていなかったイレールの処方をそのまま通したのっておっしゃいましたけどね、今だって正式採用になってもいない薬を限定っていう免罪符の下に処方する先生、多いですよね」

部屋の中全体が、その通りだ、と言わんばかりに騒々しくなってくる。そんな中で、山之内さんだけは、相変わらず被告のようにうなだれたままだ。

「医者から、厚労省が認めた薬をどうして処方してはいけないんだ？　って言われた時、それに打ち勝つ理論を私たち薬剤師集団はきちんと持っていると言えますか？」

矢部薬局長の小さな目が、目の前の危険に驚く犬のように大きく見開かれ、広瀬さんに向けられている。

「私は二〇〇二年当時、入職したばかりでその場にいたわけではないですが、イレールの時だって、そういう状況だったのではないですか？　ましてイレールは『ドリームメディスン』って、随分騒がれていましたよね。だったらもう、それは山之内さん個人の問題なんかではなくて、組織としてのあり方の問題だと思いますけどね」

「……」

「それにこの裁判は、その当時の添付文書記載の妥当性が争点のひとつになっていますよね。それなのに個人を責めるようなことを言うこと自体、おかしいとは思いませんか。矢部薬局長、あなたの言っていること、一貫性がまったくないですよ」

　これで結論は出たようだ。

　さっきまで攻撃的な構えさえ見せていた矢部薬局長は、すでにその視線を机の上に落とし、この場を取り繕う適当な言葉を探しているようだった。

　広瀬さんが席に着き、再び室内が静まり返った時、突然、前の方の席からよく通る声が発せられた。

「でもやっぱり、当時の薬局長には責任があると思います。実際、他の病院では使っていないんですから。どうしてみなと病院だけが使ったのか？　それはやっぱりそこの責任者の問題なんじゃあないんですか？」

　沈黙を破った声の主は野田さんだった。私より二年後輩である。その切れ長の目から知的な印象とともに意志の強さがうかがえる。広瀬さん同様、誰に対しても動じることなくものを言う。しかし、はつかねずみを連想させる機敏さと、かわいらしさを兼ね備えた容姿を武器に実にうまく立ち回るため、上司からの受けはよい。しかし、その行動が多少露骨であるためか、同僚や後輩からの評判は、決してよくはないようである。

「だからどうしてそうなったのか？　矢部薬局長はそこのところを確認しているんですよ。広瀬さん」

野田さんのよく通る声が響き渡る。何をしゃべっても批判的に聞こえてしまうその声質に、部屋の空気が更に緊張する。

野田さんは今、矢部薬局長の直属の部下であり、また薬害委員会の活動も入職当初から、矢部薬局長の家来のように熱心に取り組んでいる。そのためなのだろう、こんなふうに、会議の席では野田さんは常に矢部薬局長の側に付き、広瀬さんと対立する、という構図にたびたび遭遇する。にらみ合う広瀬さんと野田さんの姿は、まさにコブラ対マングースのようである。

「どうしてみなと病院だけが使ったのか。それは他の病院ではそもそも医者からの使用の要望がなかったから。それだけの理由なのよ。要望が出ていたら、同じように使っていた可能性は、十分にあると思う」

広瀬さんがさらっと言った。

内心、こんなことも知らないでいたのか、と彼女を批判していることは十分に伝わってはきたのだが、今そこをつついたところで何の解決にもならない、ということを、広瀬さんはちゃんとわかっている。

「誰だって、山之内さんの立場にいたら、同じように行動していたと思うわけよ」

広瀬さんは野田さんに、というわけではなく、フロアにいる全員に向かってそう言った。

「だからね。個人を責めるのは筋違い」

「でも、それじゃあまた同じことが繰り返されるのでは?」

野田さんのその声からは、さっきまでの攻撃的な響きは消えてはいたが、反論を止めようとはしなかった。彼女の中の思考回路では、責任の所在さえはっきりさせればすべてが解決するのだ、と純粋に信じているようだった。そういう点では彼女は彼女なりに模索し、そして彼女なりの解を探しているのだ。

しかし、この問題は子ども同士のケンカとは違う。責任の所在がそう簡単に明らかになるはずはない。現にそれを明らかにするための裁判には多くの年月と労力が費やされているのだし、その裁判の席で、被告である製薬企業と国は、責任という時限爆弾を絶対に受け取るまいと必死の抵抗を続けてきたのだ。

昨年の十一月、東京高裁が、製薬企業と国の責任を認めた地裁判決を覆し、製薬企業にも国にも責任がない、という判決を出した今、まさに責任という時限爆弾はどこかに消えてしまった。いや、消えたのではない。爆発時刻に向かって確実に時を刻みながら、どこかでくすぶっているのだ。

頭の回転の速い野田さんのことだ。そのくらいは当然わかっているだろう。だからこそ、その不安が、野田さんにそんな発言をさせるのだ。

火ぶたを切っておきながら、矢部薬局長はその後一言も発言することはなく、床の間の置物のようになったまま動かない。それが伝染したのか、フロア全体も再び窓から見える海面のように静まり返ってしまった。

私の横に座る広瀬さんは、もうどうしようもない、といった諦めにも似た思いを隠しきれないようだった。

頭の中に、突然、あの、黄色いビラの裏面に書かれた文字が浮かんできた。私は再び、大勢の人たちから指をさされ、非難されている錯覚に襲われる。

「誰だって、加害者になる、可能性がある……」

広瀬さんが、言った。

一言一言、はっきりと、まるで、自分自身に言い聞かせているかのように。

静まり返っていた部屋の中が更に、凍りついたように動きを止める。

「責任の所在をはっきりさせないとまた同じことが繰り返されるのではないか？　そう考える野田さんの気持ちも、よくわかる。でも、原因をはっきりさせることと個人の責任を追及することとはこの場合、次元が違う。私たちは個人で動いているわけではない。組織として動いているんだから」

広瀬さんは続ける。

「裁判の目的だって、すなわちそういうことでしょう？」

広瀬さんが言い終わるか終わらないかのうちに、そこに覆いかぶせるかのような口調で野田さんが言った。

「誰だって加害者になる可能性がある……って。そんなことを言われたら、私は怖いです。この仕事をしていくことが、怖くなります」

怖い？

野田さんのその言葉と、私の中でくすぶる恐怖が指紋を照合させる時のようにぴったりと重なった。彼女は風船がしぼむように席に着いた。

「野田さんの抱いている恐怖心は大切な感覚だと思うよ。薬を扱う者として、私たちは常にそういうおそれの感覚を持ち続けないといけないと思う」

広瀬さんのその一言一言が、乾燥した土地に降る雨のように、私の心に染み込んでゆく。

「もう同じことを繰り返してはいけない。それには徹底した原因の究明が必要だ。そういった観点から僕たちは薬剤師の立場で薬害裁判の支援をしているのではないでしょうか？　そうですよね、矢部薬局長」

緊迫した空気の中、思わず頭を抱え込みそうになった私は沢田くんの穏やかな声にほっとする。肩の力がすーっと抜けた。

片方の意見だけをよしとして他を切り捨てるようなことをせずにうまくまとめる機転の利かせ方は、単に司会者という立場からではなく、彼の性格によるものだろう。

「今、広瀬さんも言われたように、本当に、僕らは誰だって加害者になってしまう可能性があるんでしょうね。人間のやることですから。自分だったら薬害を阻止できました、なんて自信を持って言える人なんて、いないと思うんです。だから、薬事行政をしっかりと整えて欲しい。今までの薬害裁判での成果もあって、随分改善されてきたように思っていましたが……」

沢田くんが、少し間を置いてからフロアに向かい、何かを深く考えているかのような口調で言った。

「でも、それが今、高裁判決によって大きく覆されようとしている……」

静まり返るフロア。

〈何を指標に仕事をしていけばいいのでしょうか?〉

広瀬さんからのメールが頭をよぎる。

「原告側が高裁判決で逆転敗訴して、この裁判は最高裁で争われることになるわけですよね」

司会者席の沢田くんが、矢部薬局長に発言を求める。

「そうです」

「今までの薬害裁判で積み上げられてきた予防原則が覆されてしまった、と言っても決して過言ではない今回の高裁判決を受けて、今後この裁判をどう闘ってゆくのか?　弁護団も『どう闘うか検討し直す必要がある』と言っていますね」

「そうです」

「今後の行動について、薬害委員会としてはどのように考えているのか。そういう具体的なことを話して頂けるとありがたいんですが」

穏やかな表情を浮かべながらしゃべる沢田くんの声が、フロアの緊張を雪解けのようにほぐしていった。幾分和やかになった雰囲気の中で、何人もの人が大きくうなずき矢部薬局長の発言を待っていた。

「まだ会議を持てないから」

矢部薬局長が言った。

その後「最高裁まで闘いましょう」とか「絶対に負けられない」とかの抽象的な言葉を発した後、静かに席に着いた。

「ちょっといいですか?」

矢部薬局長が話し終えるのを待っていたかのように手を上げたのは、奥村さんだった。

彼女は入職三年目で薬剤師集団の中では一番若い。二〇〇六年度から薬学部が四年制から六年制に移行したため、二〇〇九年入職の彼女は四年制薬学部最後の卒業生である。普段物静かな彼女の上げた手に、フロアの視線がいっせいに集まった。

「そもそも薬には副作用って付きものですよね。抗がん剤なら、なおさらです。どうしてそれが裁判になるんですか?　まして私たちがその裁判を原告被害者側に立って支援しなければいけないという理由が、私にはちょっと、わからないんですけど」

これは、新人らしい発言だろう。新人だからこそ声に出して言える意見でもある。と同時に、誰の中にも少なからず存在している考え方のひとつでもある。それを証明するかのように、静まり返っていた室内全体がざわつき出した。それも否定的な方向のざわつきではなく、明らかに賛同の方向のざわつきのようだ。

——そうよねえ、そもそも抗がん剤でしょう?

そんな声が、どこからともなく聞こえてくるようである。

黄色いビラの裏に書かれた文字。

——人殺しのくせに
それを今、この場で見せたとしたら、きっとこんな意見が多数を占めるだろう。

——薬に副作用は付きものです。その責任をいちいち問われるのだとしたら、誰も医療従事者にはなりませんよ——と。

それも確かにそうだろう。

でも、何かが違う。

それが何かと探そうとするけれど、迷路に迷い込んだ子どものように、私の思考はその場をうろうろするばかりである。

「副作用と薬害をきちんと区別して考えないといけないよね」

広瀬さんが再び立ち上がり、室内全体を見渡すようにして言った。

「これは副作用じゃないの。薬害なの。薬に副作用は付きもの、それはあなたの言った通り。でもこの件は、明らかに発売当初の宣伝に問題があったのよ。死亡症例をあやふやにして『副作用の少ない夢の新薬』として売り出したんだから。問題にしているのはそこなの。それに世界で最初に使用が認められた新薬だというのに全例調査だってされていなかった。これは完璧にミス。製薬企業と国のミスなのよ。薬の副作用を問題にしているんじゃなくて、売り出し方に問題があったと言っているの。それが裁判の争点のひとつでもある。なにも副作用が起こったことに対しての責任を追及しているわけではないのよ」

そうなんですか、と言って奥村さんが席に着くと、それに合わせたかのように、室内全体に起こっていたざわつきが、波が引くように消えていった。

「今日は本当にいろいろな意見が出て、有意義な集まりだったと思います。裁判の話題はこれからも今まで通り、随時取り上げていきたいと思いますので、要望等、ありましたら院所の薬害委員を通して意見を出してください」

沢田くんが無難にまとめ、会議は無事、終了となった。

「奥村さんの意見、あれはある意味、貴重だよ。ネット上でも見かけるよね。そういう意見」

会議が終わり解散になった後、薬局のある二階へと向かう非常階段を下りながら、広瀬さんが言った。

「抗がん剤なんだから、副作用は当たり前。それを覚悟で使ったはずだろうって」

「そうなんだ」

「いろんな考えがあるからね。仕方がないと言ってしまえばそれまでなんだけど」

「そうだね……」

「でも、内部からそういう意見が出てくるのは、ちょっとまずいね。本来なら薬害委員会はそういう啓蒙活動にもっと力を入れていかないといけないんだろうけどね」

——人殺しのくせに

その文字が、私の頭から離れない。

「国と製薬企業に落ち度があった。それはゆるぎない事実」

階段を下りる足を止め、前を見据えて広瀬さんは続ける。

「でも、絶対に許せない、なんて正義の味方ぶったことばかり言われたら、違和感持つ人も出てくるのは当然だよ。自分には人を責める資格があるんだろうか？　ってね。基本的には真面目な人たちの集団なんだから。奥村さんの意見は、おそらくそういう気持ちからの自己防御なんじゃないかな」

製薬企業と国の責任だけを追及し続ける矢部薬局長と野田さん。誰の責任でもないのだ、とある意味、責任逃避する奥村さん。そして、私はそのどちら側にもつけないまま、薬剤師という自分の置かれた立場におびえていた。

「誰だって加害者になる可能性がある。私たちはそういうおそれのようなものを、常に持ち続けないといけないんだろうね」

広瀬さんの言葉が、私のおびえを少しだけ軽くした。と同時に、そこには責任という課題が発生してくるのだ。

「誰だって、加害者になる可能性がある……か」

私はつぶやいてみた。

声に出せば、言葉の重みは深海の水圧のようになって私に重くのしかかる。私はその重みを無視、あるいは放棄できるほどには無責任ではなく、かと言って、身体の中に取り込んで、そのまま自分の一部にしてしまえるほど無神経でもなかった。

「加害者……」

私はもう一度、言った。

私は、これからもこの仕事を続けてゆくことができるのだろうか？

続けていくことが、許されるのだろうか？

「この裁判、どうなるんだろう……？」

今までの薬害裁判で築き上げてきた予防原則、つまり、副作用だと断定されていない、まだ疑わしいというだけのレベルでも、最悪の事態を想定して対策に当たらなければいけない、という考え方が覆されたと言っても決して過言ではない高裁判決が出された今、日本の薬事行政のあり方は今後、大きく変わってしまうのかもしれないのだ。

「さあ……」

広瀬さんのその言葉は、無関心からくるものではなく、むしろその対極にある責任感からきていると言ってもいい。

「でも……負けてはいけないんだろうね」

広瀬さんが、言った。

第五章　トラネコ

叔母が突然やって来てから今日で四日目。

残業続きだということを免罪符のようにかざしながら、昨日と同様、右手にぶら下げたふたり分の唐揚げ弁当に少しだけ後ろめたさを感じながら、私は雑居ビルの階段を上った。

玄関を開けた瞬間、一瞬にして眼鏡が曇った。と同時にじめっとした不快な空気が全身にまとわりついてきた。

部屋の湿度が外とは比べものにならないくらいに高くなっていることは、簡単に察しがついた。鉄製の玄関扉に目を向けてみれば、灰色の扉の表面にはアボカドの皮のような模様をした水滴がびっしりとへばり付き、その水滴が雫となって流れ落ちた幾筋もの縦線は、玄関のコンクリートにできた小さな水たまりへとつながっていた。

玄関脇にある脱衣室のない浴室の扉を開けて中をのぞいてみると、予想通り、行ったことはないけれど、そこはまさにサウナ風呂顔負けの蒸し風呂状態だった。おまけに湯船のフチにはコーヒーの空き缶が一本と、空のウーロン茶のペットボトルが一本、子どものおままごと遊びのように行儀よく並んでいた。更にその中は、学会に出かけた時によく泊まる、安いビジネスホテルと同じ匂いが充満している。明らかにこれは、タバコのヤニの匂いだった。

「ちょっと、おばちゃん！」

私は靴と一緒にさっきまで抱えていた後ろめたさも脱ぎすてて、叔母のいるテレビの部屋に向かって叫んだ。

返事はなく、部屋の中からはテレビの音とともに高らかなバカ笑いが聞こえてきた。台所とテレビの部屋を仕切っているガラス戸を開けた瞬間、部屋の中から乗り物酔いにも似た吐き気をもよおしそうなほどの強烈なタバコの匂いと、水分を抜かれ、カラカラに乾燥した空気が一気に押し寄せてきた。

風呂場脇の玄関の、必要以上に水分が含まれた空気との落差に、私は窒息しそうになる。

「何時間お風呂入ってたの？」

もう何年も続く習慣であるかのように「あらおかえり」と言いかけた叔母を問い詰める。

「帰って来るなり何なのよ」

叔母はコタツの中でテレビを見ながらタバコを吸ってくつろいでいる。

「ちょっとやめてよ、タバコ」

「これ一本だけよ」

百円ショップで買ってきたという割には品のよいブルーのガラスでできた灰皿は、無残にも吸殻であふれ返っている。畳の上には週刊誌が散乱し、その読み散らかした週刊誌や新聞などが、部屋のあちこちにアリ塚のような小山を形成しはじめていた。

「いったい何時間、お風呂に入ってたのよ」

叔母を眼下に収めながら、逃げ道をふさぐように叔母を問い詰めてゆく。

「ほんの十分くらい、シャワー浴びただけよ」

「ウソ言わないで。十分であんなになるわけないでしょう」

冷静さを失っていることが、だんだん高くなってゆく声のトーンによって自分でも、わかる。

「ほんとだってば。ほんの十分シャワー浴びただけだって」

それに引き換え叔母の口調は変わらない。テレビを見ながら何かのついで、というふうな受け答え方である。

「じゃあ、あの空き缶とペットボトルはいったい何? タバコの匂いだって残ってるんだから。吸い殻を片付けたって、ダメなんだからね」

久し振りに出す、というか、もしかしたらはじめて出すのかもしれない大声に、私は軽いめまいと息切れを覚えた。

「すべてお見通しか」

悪びれた素振りも見せず、おどけた口調で叔母が言った。

「やっぱりね」

勝ち誇ったように私は言い、テレビとエアコンを消してから、部屋の窓を開け放ち、そこで大きく二回、深呼吸をした。

「ちょっと、寒いじゃないの」

ようやく叔母がテレビ画面から目を離し、上半身を私の方に向けた。

「寒いのはゴロゴロしてるからでしょ。換気よ換気。タバコも消して」

叔母は上目遣いに私を見た後、水にもぐる前にする深呼吸のように大きく一回タバコに吸い付いてから、しぶしぶ消した。

叔母に言わせれば「廃屋寸前」だろうが何だろうが、やっとの思いで手に入れた自分の居場所が湿気とヤニで汚されてゆくことが、腹立たしかった。

「吸うんだったら外で吸って」

私はイライラを抑えることができず、タバコを消した叔母をコタツから引っ張り出し、玄関までズルズル引っ張っていった。その騒々しさのためだろう、大家さんの玄関の外灯がつき、入れ歯とともに毅然とした態度までをも外してきたかのような大家さんが顔を出した。すでに寝る準備が整っていたようで、パジャマの上に赤いちゃんちゃんこを羽織っている。

「こんな時間に何なの？　騒がしいわねえ」

面倒なことになるのを警戒し、何でもありませんから、と目で言いながら玄関の扉を閉めようとした瞬間、叔母がネコみたいに私の脇をするりと通り抜け、外に出た。

「大家さん、ちょっと聞いてくださいよ。この子ったらね、帰って来るなり風呂に入るなとかタバコ吸うなとか。ひどいでしょう」

私は何も言う気になれず、ため息だけをついて部屋に戻った。

腕時計を見たら、もうすぐ九時になろうとしている。まったくこんな時間に何でこんな言い合いをしないといけないのだろう？

そもそも叔母が転がり込んで来るまでは、家に帰ってから声を出すこと自体、ほとんど、いや、まったくなかったのに。

「そうだマコちゃん。だったら今度、スーパー銭湯行かない？　近くにあるのよ。タバコ吸う場所もちゃんとあるわよ。何なら明日にでも」

「それいい！　決まりね」

マコちゃん？

いったい叔母はいつの間に、大家さんとそんなに親しい間柄になったんだろう？

ふたりの、もう何十年も前からの知り合いだったかのような会話を背中に受けながら、私は大家さんが一昨日の早朝に見せた、エサ場を見つけた野良ネコのようなキラリと光った目を思い出した。

これは本当に、早いうちに叔母にここから出て行ってもらわなければ。

これ以上ややこしいことになる前に、一刻も早く、叔母に出て行ってもらわなければ。

他人が自分の領域に入ってくることを必要以上に警戒する私は、まるでなわばりを見回るネコのようだった。

「今日のごはんは何？」

部屋に戻って来た叔母の第一声が、それだ。

私の頭は風呂に入ったわけでもないのにスチームをかけたかのようにぼやけ、もう食事をするのさえ面倒になっていた。

「唐揚げ弁当」

私は手にぶら下げたままだった袋から弁当を取り出して、雑誌と空き缶とタバコの空き箱で散らかるコタツの上に何とか場所を作って弁当を並べた。

「また唐揚げ弁当なの？」

ふたを開けた途端、叔母が言った。

「またって何よ。嫌なら食べなくていいよ。二日続いただけじゃないの。じゃあ明日はハンバーグ弁当にしてあげようか」

そう言ってから、何だかとても、嫌な気分になった。


ここに越して来てからというもの、お湯を沸かす以外でコンロを使っていなかった。そもそも料理をしていないのだ。叔母に作ってもらうのもひとつのやり方なのかもしれないが、私はあえてそれを避けていた。

そんなことをしようものなら、それこそそのままずっと居つかれてしまわれそうな嫌な予感を拭い去ることができなくて、叔母にはお湯を沸かすことと水道をひねること以外に、台所の使用を禁止しているのだ。

「おばちゃんさあ」

「なに？」

「明後日は土曜日で仕事は半日だから、遅くとも五時には帰って来られると思うんだ」

「だから？」

「明日はハンバーグ弁当でがまんしてよ。そのかわり土曜日はさ、何か作るから」

罪悪感が私にそう言わせたのだが、そう言ってみたところで私にできる料理は何ひとつとしてなかった。家庭の料理というものがどういうものか、私にはまったくわからないのだ。

働きづめだった母には料理を作る習慣どころか時間すらなく、私が物心ついた時から我が家の食卓に上る食べ物といったら、お湯で温めるだけのカレーやハンバーグ、魚や焼き鳥の缶詰、パックに入った煮物等の総菜、そんなものばかりだった。

小学校の高学年になって、時々母にかわって私が夕飯の仕度をするようになってからも、ただ玉子や肉を焼くのが精いっぱいだった。給食の献立を見て覚えて作ろうと試みても、野菜を切ろうにも家には鉛筆削りのような果物ナイフがあるだけで、まともな包丁さえなかったのだ。

そんな状況だったから、リンゴをむいてもらったことも、スイカを切ってもらったことも、もちろんなかった。

こういう食生活で味覚と胃袋が正常な発達をするはずなどなく、今でも醤油と味噌の味の区別がつかないし、食欲というものがいったいどういうものなのか、それを想像することさえできない。

栄養状態の悪さは枯れ枝のような貧弱な容姿を作り上げ、中学生の時まで制服のスカートにはつりひもが必要だったたし、それは外見だけにとどまらず、生理がきたのは十八歳になってからだった。

「別にいいわよ。ここのお弁当、なかなか味がいいし」

お茶を一口飲んで、叔母が言った。


ひとつ、気付いたことがある。

それは、誰かと同じテーブルで一緒に食事ができている、ということだ。

私は誰かと一緒に食事をすることができない。

給食はみんなが食べ終えて校庭で遊びまわっている時にひとりで食べ、中学高校の弁当は誰とも机を並べずにひとりで食べ、大学は持参した弁当を空いている教室を見つけてひとりで食べた。働いている職場が仕事柄、時間をずらして休み時間を取る関係上、みんなで一緒に食事をする習慣がないのは私にとってはこの上なくありがたいことだった。忘年会や歓送迎会には付き合いが悪いと言われながら、一度も参加をしたことがない。

それなのに。

昨日と今日、叔母と一緒に唐揚げ弁当を食べている。十年ぶりに会った叔母なのに、同じテーブルで、一緒に食事ができている。

どうしてなんだろう？

頭上に浮かんだかすみのような疑問をそっと振り払い、空っぽになった唐揚げ弁当のケースを片付ける。

「ねえ、芙見ちゃん」

食後、突然に叔母が言った。

「ちょっと気になってることがあるんだけどさあ」

「何よ」

「あたしがここに来てから、えっと、月火水木、四日たつけど、芙見ちゃん、ずっと同じ服着てるわよね」

小指、薬指、中指と順に立てながら、叔母が言う。

「それが何だっていうのよ」

「おうど色のズボンにトレーナー。まるでトラネコ」

「トラネコで結構。で、それがどうかした？」

「どうかしたって、まあ、その……何ていうのかさ」

食後のため血液が頭に行き渡っていないのか、叔母からいつもの威勢のよさは消えている。

「誰にも迷惑かけてないけど」

「そういう問題じゃなくって」

「日曜のたびにちゃんと洗濯だってしてるけど」

「そういう問題でもなくって」

「じゃあ、何よ」

叔母の言わんとしていることくらい、私にはちゃんとわかっている。でも仕方がない。私にはまったくといっていいほど、物欲がないのだ。

何かが欲しい、と思った最後の記憶は小学校四年生の時で、それはサンタさんがのったクリスマスケーキだった。

クリスマスイブの日、ケーキの入った箱を大事そうに抱えて歩く親子連れを横目で見ながら、母とつないだその手をぐっと引っ張り「買って」とせがんだことがある。

「明日」

歩みを止めることなく母は言った。

「明日になったら半額になるから」

しかし、次の日になっても母はケーキを買ってはくれなかった。

今の私には、その時の母の気持ちがよくわかる。母の着ていた茶色のジャンパーの袖口は擦り切れて、ジーパンは洗い込まれて白く色あせ、靴には穴が開いていた。

「年頃なんだからさ。芙見ちゃん」

コタツに寝転んでいた叔母が、ゆっくりと上体を起こした。

「かわいい顔してんだから」

「ばかばかしい」

「もったいないわよ」

「いいんだってば。今さら」

そう、今さらどうしろというのだろう?

母とふたりの生活の中で作り上げられた私の性分に、私はもう自分自身慣れ過ぎてしまっているし、今後もそういう生き方を貫くつもりでいるのだ。そして、そういう生き方を貫くことこそが、今までの自分の人生、金銭的にも家庭的にも決して恵まれていたとはいえない自分の人生に対しての、意地のようなものでもあった。

私は今、自分が身に付けているものの中で一番高価な品物は何だろうか、と考えてみた。

高校の入学祝いにと叔母からもらった腕時計は千円だったと聞いている。学生時代から着ているトレーナーは二千円くらい。ズボンもそのくらいだった。ずば抜けて高いのは二万円した眼鏡だろうが、これも就職した年に買い替えたまま、十年近く作り変えてはいない。

これが私という人間なのだ。

「じゃーん!」

叔母がゴソゴソと、袋の中から桜の花のような色をしたカーディガンを取り出した。洗濯物を干すような格好で、叔母が自分の目の高さあたりでそれを広げて見せると、そこにはシッポをピンと立てたネコの刺しゅうが施されていた。

「下の洋品店で買ったのよ」

その薄暗い店先を、私は思い浮かべてみた。客の気配はおろか、人の気配すらない、倉庫のような店。

「下の店のオーナー、見る目は確かね。いい品物そろえているわよ。それにそんなに高くないの。ちなみにこれは、二千円」

叔母はまるで自分の自慢話でもしているかのように、得意げになって続ける。

「これだってね、オーナーが選んでくれたのよ。芙見ちゃんの背格好とかどんな顔だとかどんな性格だとか、それ言ってね、選んでもらったの」

「またよけいなことを……」

突き放すように私は言った。

「縫製もしっかりしてるしね」

叔母はそのカーディガンを注意深く点検しながら言った。

「そんなこと、わかるの？」

「それくらいわかるわよ。だてに縫製工場に十年も勤めてないんだから」

縫製工場に勤めていたことがあるなんて、初耳だった。

「マコちゃん、あんた、いい加減にちゃんとした仕事に就いたらどうなのよ」

「よけいなお世話。義姉さん、これがあたしの天職なんだから」

「何度も言うようだけどね、あたしはあんたの面倒まではみられないんだからね。芙見ひとりだって、大変なんだから」

「わかってるわよ。義姉さんに迷惑はかけません」

幼い頃に何度も聞かされた母と叔母との会話。

その、叔母を非難しているようにしか聞こえない会話から、地道にミシンを踏み続ける叔母の姿など、どうして想像することができようか。

「縫製工場、勤めてたんだ」

私は訊いた。

「そう、中学出てから十年間ね。義姉さんに洋裁教えたのだって、このあたしなんだから」

「そうなんだ」

小学校の頃、母が作ってくれた上履き入れを思い出した。それは、今、私の手の中にあるカーディガンに施されたネコの刺しゅうと同じようなアップリケが付いた巾着袋だった。級友たちが皆、ビニール製で、開け閉めをする部分に金具の付いた既成の上履き入れを持っている中、母の作った巾着袋は子ども心にも恥ずかしく、私はそれを隠すようにして使っていた。

そういえば、決してセンスがよかったとは言えないまでも、普段着る服や学校で使う雑巾や三角巾、防災頭巾はすべて母の手作りだった。食事の仕度もまともにできない忙しさの中で、ミシンの前に座る母の記憶は不思議なくらいに鮮明に、私の中に残っている。

「ありがとう。おばちゃん」

自然に言葉が出た。カーディガンを受け取ると、大地から伝わる熱のような、静かな、そして確かな温かさが伝わってきた。ストーブのような人工的な温かさではなく、人の体温がはぐくむやさしい温かさだった。

「芙見ちゃん、あんた、随分しゃべるようになったね」

やっと寝てくれたものとばかり思っていた叔母に、また突然声をかけられた。

「芙見ちゃんにあんな威勢のいい声が出せたなんてねえ」

私は動きを止めて、叔母が寝返りを打つ気配に耳を澄ます。

「我慢の限界を超えたのよ」

私は台所の流しの上の蛍光灯だけをつけて、明日持ってゆく弁当のための米を研いでいた。職場のロッカーに缶詰を買いだめしてあるので、弁当箱にはごはんだけを詰めて持ってゆくのが私の習慣である。

「我慢の限界を超えた、か。そういう気の利いた言い回し。昔の芙見ちゃんだったら絶対に言えなかったわよね」

私は水道の蛇口を閉め、叔母の声に耳を傾ける。

「芙見ちゃん、本当にしゃべらない子だったもんね」

叔母の声を背中に受けながら、私はなるべく音を立てないように、布団の部屋に行く。

窓から入ってくる外の光だけに照らされた部屋。その闇の中で、布団の上に放った叔母からもらったカーディガンに施された刺しゅうのネコが、じっと私を見つめていた。私はそれを手に取ってみる。本物のネコを抱いているかのような感触。私はそれに、そっと、顔を埋めてみた。

幼い頃、私は本当にしゃべらない子どもだった。人と人とが会話を交わす時、いったいどういうタイミングで言葉を発するのか？　しゃべる速さはどのくらいが適当なのか？　いや、それ以前に、どこにどれくらいの力を加えれば、適度な大きさの声を出すことができるのか？　そういうことが、まったくわからなかったのだ。

学校の休み時間、窓際に集まった級友たちが、ひだまりの中で交わしている何気ない会話が耳に入ってくるだけで吐きそうになり、こみ上げてくる吐き気を必死で抑えながら、私はひとり、机に座って読んでいるわけでもない本を開いていた。内容がまったく頭に入ってくることがないままに焦点がぼやけ、紙の白さの中に文字がどんどん埋もれていった。

ずっと、そうだった。

言葉はいつも私の向こう側の岸にいて、私もそれを捕まえようともしないまま、こっちの岸辺をひとりで歩いていた。

そういうふうにして、私は大人になった。

そして今でも、私はこっちの岸辺にいて、そこをひとり、歩き続けている。

深夜。

いつものように屋上に上がり、その真ん中に立って夜空を見上げる。

東の空に昇った満月を三日過ぎた月は、果ての見えない冷たい空気の中で真っ白な光を放っている。それはまるで、私を照らすスポットライトのようだった。

私の後ろには、自分の影。

月からの光によって証明される、自分の存在の証しだ。

ここは私だけの、月の舞台。

暗闇と静寂の中、やさしい光だけが降りそそぐ、私だけの、月の舞台だ。

「マコちゃん、ちょっと聞いてよ。芙見ったらね、学校でちっともしゃべらないんだってよ」

幼い頃の記憶。

カーテンの隙間から見える月が、布団の中の私を照らす。

「今日も授業参観でね、国語の授業だったんだよ。先生から指されても何も言えないでさ。黙ったまま、じーっとしてるだけ」

シュッ、パチン。

タバコに火をつける音。

「友だちもいないんだって。何考えてんだかわからないって、先生も困ってたよ」

隣の部屋から聞こえる、母と叔母との会話。

静まり返る真冬の夜空に浮かぶ、哀しいくらいに白い月。

「まったくもう。こんなこと言われるんだったら無理して行くんじゃなかった。月末だから集金だって忙しいってのに」

久し振りに聞く、母の声。

叔母がいる時、母はなぜか夜更かしになる。そして、私とふたりきりの生活の中で、外に出ることなくとどまり続けた、本来外に出るべきはずの声を出し尽くそうとするかのように、ひたすらしゃべった。

「まったく、誰に似たんだか。困ったもんだわよ」

「義姉さん。おしゃべりな人ってね、ろくな人がいないわよ。あたしのまわりにたくさんいるわよ。ベラベラしゃべるだけで頭空っぽの人」

「そんなの、聞いたことがない」

「あら、偉くなった人ってだいたい子どもの頃はおとなしかったって話、聞いたことあるわよ。義姉さん、知らない？　アイン何とかって有名な人、いるじゃない。何とか理論だっけ？」

「何とか何とかって、いったい何なんだい。知らないよ、そんなの」

「芙見ちゃんは賢い子よ。顔見てればわかるのよ。あたしは」

布団の中から見ていた月が、その姿を崩すかのように私の視界の中でぼやけていった。

今、私はあの時と同じ月に照らされている。

やさしい光だ。

――お母さん
家の中で、母と私の間に会話が交わされることなんてほとんどなかったのに。

「眠たい」

「疲れた」

母の口から出てくる言葉と言ったらそのふたつだけで、私はそれを、窓に吹き付ける風の音と同じように、全身を硬くして聞き流すしかなかった。

一言も声を発することのないままに一日を終える時、私は自分が声を出す、という行為を忘れてしまっているのではないか、という不安から、夜の闇の中で声を発することがあった。

深夜、寝ていた布団から上体を起こして深呼吸をする。

言葉は何でもいい。

「うらしまたろう」でも「しらゆきひめ」でも「ざしきわらし」でも、何でもいい。とにかく声を発することができさえすれば、それでいいのだ。

ただ、久し振りに発する声に加減がわからず、その奇声はいつも喉の奥で大きく割れて、空気を切り裂く振動となって闇の中に響き渡った。

「どこまでお母さんを苦しめたら気が済むのよ！」

油がはねるみたいに飛び起きた母にたたかれる頬の痛みと衝撃は、今でも時々思い出す。

——お母さん
静寂の中、私は暗闇と一体化する。
——今日、おばちゃんに言われたよ
星がひとつ、誰かの涙のように流れてゆく。
——私ね、しゃべるようになったんだってさ
誰もいない、月の舞台。
そこにあるのは、私の影と、やさしい光。

第六章　プラネタリウム

みなとの駅。

ホームの外れで沢田くんと出会った。

仕事を終えてから、私はみなと病院に入院している知人を見舞った帰りで、沢田くんは翌月に行なわれる職場内の行事である学術発表会の事務局会議に参加した帰りだった。

膝上までの丈のグレーのコートを着て、布製のカバンを持って立っている彼には、今はほとんど見かけることが少なくなった、古風な上品さが漂っている。以前にどこだかのブランド品だと聞いたことがあるそのカバンはほどよく使い込まれて彼の手にしっかりとなじんでいた。

「お疲れさま」

沢田くんの後ろ姿に、私は声をかける。

「お疲れさまです」

沢田くんが振り返り、三日月のような目をこちらに向けてきた。春のきざしを運んでくる風のような、どこかほっとする笑顔だった。その穏やかな表情を見ていると、上司からも後輩からも人気がある理由がよくわかる。一昨日の会議の中で、薬害裁判をめぐってあれだけ険悪になった広瀬さんと野田さんを、うまくまとめた彼の姿が頭の中によみがえった。

「相変わらず司会、上手だね」

私はコートのポケットに両手を突っ込んだまま、彼の横に並ぶようにして立った。

「いや、そんなことないです」

ふたりの話題は自然と一昨日の会議の話になった。

ホームには私たちの他に人の姿は見当たらない。月がまだその姿を見せていない夜空には、いくつかの星が貼り付くように輝いていた。

最近、また一段と近眼が進んだようだ。本来なら、こんなに冷え込んで空気が澄んでいる夜には、もっとたくさんの星が見えるはずなのに。

就職した年に作り変え、すでに十年間使っているこの眼鏡も、そろそろ買い替えなければいけない時期にきているようだ。

「正直、この前はちょっと、あせりましたね」

沢田くんが、言った。

「そうは見えなかったけど」

「僕はあまり、表情に出ないタイプみたいで……」

難なくやり過ごしているように見えてはいても、彼は彼なりに神経をすり減らしていたのだろう。

「ほんとにお疲れさま」

私にはとてもできない、と思う。

矢部薬局長と野田さんを相手に意見を闘わせたり、奥村さんの疑問に難なく答えることができる広瀬さん。全体の意見をうまく取りまとめて会議を進行させてゆく沢田くん。ふたりとも、私から見れば、夜空の星と同じくらいに遠い存在である。

「そもそも一昨日の会議は裁判の経過報告と今後に向けての意思統一が目的だったんですが、難しそうですね、いろいろと」

沢田くんのその言葉は、私の中でくすぶり続けているある違和感を呼び起こした。

薬剤師としての自分の行為を信じたい一方で、同時に私はおそれてもいるのだった。

矢部薬局長や野田さんのように、国と製薬企業を相手にこれからも闘ってゆくのだ、という姿勢を明確に表明するには、私の精神はあまりにも自分に対して臆病にできているのかもしれない。

裁判支援に対する薬剤師全体の意思統一は難しい、という沢田くんの考えの根拠になっているものも、おそらく私の臆病さと大きくは違わないだろう。

「そうだね。私もそう感じる」

闇を見ながら、私は言った。

「姫野さんも、そう感じますか?」

はじめて私に投げかけられた、沢田くんの疑問形だった。

光源のほとんどないこの空間の中で、私たちはかすかに潮の香りのする海からの風に吹かれている。その風が、彼のサラリとした髪を揺らしている。

「それぞれの倫理観とか、考え方の問題にもなってくるんだろうからね」

私は言った。

「倫理観と考え方……か」

沢田くんがつぶやく。

一昨日の会議を見る限り、裁判支援という同じ目的に向かって進んでいるにも関わらず、私たち薬剤師集団のそれぞれの足取りや方向性は、まったく違っているようにも感じてしまう。

副作用と薬害の認識の違いのあいまいさ、医療従事者という、薬害において被害と加害の関係が考え方によってはどちらにも転がる可能性があるというあやふやで微妙な立場。それが、その足取りや方向性を異なるものにしている理由のひとつなのだろう。

「昨日ですね、小児科病棟の子とね、将棋を指したんですよ。仕事が終わってから」

「そうなんだ」

子どもを相手に将棋を指している沢田くんの真剣な横顔は、今晩この夜空に姿を現すであろう月の姿を想像するくらいに、容易に思い浮かべることができた。

「プロ棋士は、十手先まで読むことができるって、何かで読んだ記憶がありますけど、今回の裁判、どうなっていくんでしょうね。僕にはまったく見当がつきませんね」

「……」

一年先輩だというのに、私は沢田くんにかけるべき言葉を見つけることができないでいる。

「本当は、矢部薬局長や野田さんのように、今こそ積極的に行動しないといけないんでしょうけどね……」

その沢田くんの、どこかしら冷めた口調に、私は漠然と、今、彼が向いている方向と、矢部薬局長や野田さんが向いている方向はだいぶ違うのではないか？　という気がした。

似たような感覚は、私の中にもあった。

違和感。おそれ。

そういう言葉以外で、私はそれを、うまく説明することができない。

「でもちょっと、僕としては今の薬害委員会の活動には賛同できない面もありまして。一生懸命やってくれている人に対して本当に申し訳ないんですが」

広瀬さんも、同じようなことを言っていた。

「製薬企業と国を許せない、っていう矢部薬局長の言っていることも、決して間違ってはいないと思います。むしろ決定的に正しい。でも、手離しで賛同できない、っていうか」

それは、薬害委員会の力量や考え方だけの問題ではなく、今提示されている問題が持つ複雑さも要因のひとつになっているのかもしれない、と私は思う。

いつの間にか、沢田くんから笑顔が消えていた。

「それは、どうしてなんだと思う？」

私は訊いた。

沢田くんはしばらく何も答えずに、その視線はずっと遠くの水平線に向けられていた。

私は彼の視線をたどってみる。

闇の中で、星のような小さな光が見える。それは水平線上に浮かぶ船で、おそらくそこが、海と空との境目だ。

「それは、どうしてなんだと思う?」

もう一度、私は訊いた。

「なんて言ったらいいのかな、ちょっと言い方は悪いんですけど、この前の会議での矢部薬局長の発言みたいに、正義の味方のような視線で裁判を支援していくのって、どうなんだろうって……」

視線を水平線に向けたまま、彼は続けた。

「今回の場合は、特にね、そう思うんです」

それは、広瀬さんが言っていたこととも同じだった。

「汝らのうち、罪なき者が、まず石をぶつけろ」

沢田くんはそうつぶやくと、しばらく時間を置いてから「僕たちに、石をぶつける資格はあるんでしょうか」と、今まで聞いたことがない哀しげ声で言った。

私はそっと、沢田くんの表情をうかがった。古風な顔立ちは何かを深く考えている時、どこか哀しい表情になる。

「C型肝炎の時の話、知ってますか？」

彼の言葉の語尾が、かすかに震えていた。

「その経過なら、だいたいは」

それだけ言って、私は彼の次の言葉を待った。


薬害C型肝炎とは、C型肝炎ウイルスに汚染された血液から作られた血液製剤を投与された患者がC型肝炎に感染する、という、八十年代を中心にして起こった薬害である。その裁判は二〇〇二年に提訴され、二〇〇七年には時の総理大臣が「議員立法による全員一律救済」を表明し、翌年の一月には薬害被害者全員の一律救済を目指す「感染被害者救済給付金支給法」が制定されている。


「二〇〇八年に被害者全員の一律救済を目指して被害者救済法が制定されましたけど、救済措置を受けるには、薬剤投与の証明が必要でしたよね」

沢田くんは続ける。

「厚労省は、血液製剤の納入医療機関リストを公表しましたよね」

当時、そのリストは製薬企業から提供された医療機関への納入実績の情報に基づいて作成されたのだった。

グループ内でそのリストに載っていたのはみなと病院だけだった。それは、グループ内ではみなと病院以外での使用はなかった、という事実を意味する。

しかし、実際にはみなと病院だけでなく、わかば病院でも使用されていたのだ。

厚労省が公表したリストに載ってもいないのに、使用している病院がなぜ存在するのか？

その答えはおそらくこうだ。

グループ内で薬のやり取りが行われていたから。その行為自体には何の問題もない。しかし製薬企業はそういう内部事情までを把握することはできないから、結果として「使用はしていたが、納入医療機関リストに載っていない病院」が存在する結果となってしまったのだ。

救済法の救済措置は、特定の血液製剤の投与の事実を証明できる患者に限られていた。つまりそれを証明できなければ、救済措置は受けられない。被害者にとって投与の証明になる一番の、そして唯一とも言えるものは、投与を証明するカルテであり、それを探し出す手掛かりとなるもの、それが、厚労省が公表している「特定の血液製剤の納入医療機関リスト」だった。

「リストに載っている医療機関以外でも、使用実績がある医療機関があるんだって、その事実に触れた時、僕は愕然としたんですよ」

彼の視線はまっすぐに水平線へとのびている。

「カルテの保存期間は法的には五年です。だからカルテを処分してしまえば、それ以前のことは、もう個人の頭の中にしか存在しないんです。でも、たかが二十数年前のことですよ」

いつも穏やかで誰からも好かれ、他人を非難するところなど想像もつかない人物である沢田くんが、はじめて見せた他者に対する非難は、同時に私自身に対する非難でもあった。

「特定の血液製剤の使用をカルテがなくて証明できない人がたくさんいるのに。これはうちの病院に限ったことではないと思うんです。でも、どうして誰も声を上げないんですか？」

私だって、そうだったのだ。

溺れる人に手を差し出すことすらしないまま、組織という頑丈な船の上で揺られていた。ただ、船酔いのような不快感に、苦しみ続けた。そしてそれは、いつかきっと、何らかの形で自分に跳ね返ってくる、そんな恐怖でいっぱいだった。

「うちのグループの病院は、たまたまカルテが残っていて、それを全例調査して使用の事実がわかって、当事者にもそれを伝えることができましたけど」

沢田くんは、私たちを取り巻く冷たい空気のような張りつめた表情を崩さない。

「でもその事実は当事者だけでなく、世間にも公表すべきだと思いました」

彼は続ける。

「それで僕は、矢部薬局長に相談したんですよ。何らかの形でその事実を公表すべきではないですかって」

「そう……」

「随分、悩まれていたようです」

焦燥感に押し潰されそうになり、私はそのまま目を閉じて、大きく一回、深呼吸をする。

「矢部薬局長がそれをしないのなら、僕がするつもりでした」

胸がドキドキする。

「そしたら広瀬さんが、矢部薬局長に言ってくれたんです。しかるべき立場の人が、しかるべき方法で報告するべきではないかってね。薬局長には僕たちにはわからない重責があるだろうし、立場もあるだろうし、いろいろ悩まれたんだと思いますが、結局報告してくれました」

埋立地の真ん中に建つこの駅は、真っ暗な海原に漂う船にも似ている。

私たちと、同じように。

「本当に、そんな僕たちに、被害者を支援してゆく資格があるのでしょうか?」

——人殺しのくせに
再び私の中に、あの黄色いビラの裏面に書かれた言葉が浮かんできた。

「自分に自信がないんですよ」

沢田くんが言う。

それは、私の中にあるおそれにもつながっている。

「仮に僕が、一般市民の立場だったとしたら、何の疑問もなく支援できると思うんです。でも僕たち、医療従事者の立場って、微妙じゃないですか。実際、使っていた側なんですから。わかります? 僕の言いたいこと」

「わかるよ」

それは、私も考えていたことだった。

「企業の隠蔽体質、国の対応の遅さ。サリドマイドの時から何も変わっていませんって矢部薬局長は言ってましたけど、そんなことはないです。この半世紀で、薬事行政は随分変わってきていると、僕は思いますよ。それは今までの薬害裁判の成果だとも思うんです。予防原則の考えはしっかり根付いてきていますからね。その考えに基づいた司法の判断で薬害エイズも和解に至ったし、薬害C型肝炎では救済法もできたんですから」

広瀬さん以外の人と、ここまで突き詰めた話をするのははじめてである。

「でも、今回の件を見ると、企業や国の体質は、まだまだ変わってはいないようですね」

沢田くんは続ける。

「矢部薬局長があんなに感情的になるのも、わかる気がします」

一昨日の会議での、矢部薬局長の最後の言葉が頭をよぎる。

――最高裁まで闘いましょう

「でも、それだけじゃあ、いけないんですよね、きっと。僕たちは、国と企業の責任を追及するだけじゃあ……」

「そうだね」

――絶対に許しません

そう繰り返していた矢部薬局長の、その視線の先にあるものを理解することができた時、私たちは薬剤師集団として同じ方向に向かって進んで行けるのかもしれない、そんな気もする。

「この裁判に、負けたら？」

私は訊いた。

「今までの薬害裁判で築き上げてきた予防原則が覆されるということは、今後の薬事行政に大きく影響してくるでしょうね」

沢田くんはきっぱりと、広瀬さんと同じことを言った。

そんなことになってはいけないのだ。

でも、それを口に出して言えるほど、私はこの問題を自分の中で整理できてはいないようだった。そもそも誰かと話をするという行為は、自分の考えを整理してゆく行為でもある。私はきっと、そういうことに慣れてはいないのだろう。

「企業は利潤の追求をしないといけないから、不利な情報を出したがらない。それはある意味、仕方がないことです。だから厚労省にしっかり監督してもらわないと、と思うけど、製薬企業に天下っている現実がある以上、そこにも限界があるのかもしれない。だからこそ、司法に予防原則という考え方の指標があるかないかが重要なんですよ。そこだけは、絶対に崩せない」

私たちがホームで話をしている間に、沢田くんが乗る上り電車と私が乗る下り電車が何本も、到着しては発車していった。

腕時計を見たら、すでに九時を過ぎていた。もう一時間以上も私たちは、ここで話をしていたことになる。でも、不思議と寒さは感じなかった。

「下のコーヒースタンドにでも行けばよかったですね。あそこはこのくらいの時間になると、ほとんど人はいませんから。すみません、気が利かなくて」

沢田くんが、ようやくいつもの表情を見せた。三日月のような目にほっとする。彼はそのまま、話を続けた。

「だからこの裁判、絶対、勝たなければいけない。その一点では、みんなの考えは一致していると思うんです」

「そうだね」

電車がまたホームに入って来ては数人の乗客を下ろして発車してゆく。

電車が去ってしまえばホームのまわりは静かな闇に満たされて、星が落ちてきたかのように点在している無数の光に包まれている私たちは、まさに夜空の中心にいるようだった。闇に向かって走り去る電車は、幻想的にすら見える。

「銀河鉄道みたいですね」

沢田くんが、言った。

電車の走り去るその先につながる夜空に目を向ければ、そこには無数の星が輝いていた。ひとつの星をじっと見ていると、その光は次第に周囲の闇に同化してゆき、視線をそらすと視界の隅で、再び明るさを取り戻す。

「プラネタリウム、今度一緒に行きませんか？」

「プラネタリウム？　私と？」

「ここからバスで十分くらいの所にあるんです。最終回が七時からだから、残業がなかった時なんか、時々行くんですよ」

私はポケットに両手を突っ込んだまま、プラネタリウムにも似た夜空を眺めていた。

自宅に着いたのは十時を過ぎていた。昨日の約束通り、今日はハンバーグ弁当を買って帰った。弁当がふたつ入った袋をぶら下げて階段を上り切った所で、大家さんに会った。

「あら、今帰り?」

偶然を装ってはいるようだが、大家さんの表情には待ちくたびれた様子が隠しきれない。

「相変わらず遅いのね。寝に帰ってくるだけなのに、部屋代取るの、悪いみたいね」

ふと見ると、私の部屋の玄関の横、大家さんの部屋の玄関の正面、という位置に三人くらい座れそうな木製の椅子が置かれている。大家さんはその椅子を雑巾で磨いていたのだ。この寒空の下、わざわざそんなことをする必要があるのだろうかと警戒心を抱いていたら、その横には今はまったく見かけなくなった、チューリップを連想させる灰皿まで置かれていて、警戒心は更に嫌な予感へと変わっていった。

「ここでマコちゃんにタバコ吸ってもらおうと思って」

嫌な予感は当たったたようだ。

「今はちょっと寒いけど、夏になったら最高よ。ここは風の通り道だから」

私は叔母が夏までいることを想像してみた。

部屋の中は、今は匂いだけですんでいるタバコの煙はヤニとなって壁やカーテンや窓ガラスや布団をはじめ、部屋中のいたる所、あらゆるものに染み付いて、そのうち部屋全体が喫煙室のように茶色く染まってゆくであろう。そして私は毎日ふたり分の弁当をぶら下げてこの雑居ビルの階段を上る時、ある種の罪悪感にさいなまれるのだ。

いや、それだけならまだいい。問題はお金である。今の私の経済生活を支えているものは、リアルタイムの労働から得られる現金だけである。もし仮に、今後も自分のことだけを考えていればいいのなら、たとえ今の仕事を辞めて今とはまったく違う仕事に就いて収入ががた落ちしたとしても、何とかやっていけるだろう。しかし、扶養家族を抱えるとなると、話は別である。私のような何の取り得もない人間が転職したところで、今と同じレベルの収入を得ることは、所詮、不可能というものだ。扶養家族を抱えるということは、自由が奪われるということでもある。叔母が私の元にいる限り、私には今の仕事を辞める自由すらないのだ。

一昨日の会議、そして今日の沢田くんとの会話の中で、果たして私にその職責をまっとうする力があるのだろうか？　と不安に駆られていた時だけに、叔母の存在は今まで以上に重荷となって、ずっしりとのしかかってくるのだった。

「夏は本当にここ、涼しいのよ。布団持ってきて寝たいくらいだわね。何なら、夏になったら三人でここに寝ましょうか？」

大家さんは椅子に腰掛けて、遠い夏の風景でも見るかのような視線を空間に投げていた。

私は不安なのだ。そしてその不安の原因になっているものは、叔母が夏まで居座ることではなく、叔母がここにいる限り、私は今の仕事を辞めることすらできないのだ、という束縛だった。その思いがわけもわからず私の気持ちを沈ませてゆく。

私は不安で、自信がなかった。

今の仕事を続けてゆくことに。

そして、おそれてもいるのだ。

自分が加害者になってしまうかもしれない可能性に。

そんな気持ちを引きずったまま、私は玄関の扉を開けた。

「マコちゃんにはまだ内緒にしておいてね。あたしが明日、びっくりさせるんだから」

大家さんの声に、わかりましたとそっけなく答え、ノラネコを追い払うように扉を閉めた。

「芙見ちゃん、何か欲しいもの、ない？」

部屋に入る早々、叔母に聞かれた。タバコの吸殻であふれ返る灰皿や、缶コーヒーの空き缶が無秩序に並ぶコタツの上を見てもさほど驚かなくなってきているのは、単にその光景に私の目が慣れてしまったわけではなくて、私の遺伝子、好む好まないに関わらず、おそらく叔母と似ているであろう私の遺伝子が、もともとそういう光景を受け入れやすいようにできているからなのだろう。

そう、私と叔母には、確実に、同じ血が流れているのだ。

やれやれ。

しかし、どうあがいてみたところで私はそこから逃れるわけにはいかないし、逃れるわけにはいかないその場所こそが、私の本当の居場所であり、逃れるわけにはいかないのだ、という感覚こそ、その居場所を決定的に自分の居場所にする根拠のようにも思えてきた。

この感覚は、何だろう？

「何か欲しいもの、ないの？」

再び、叔母が言った。

その散らかった光景の中に同化してしまいそうな自分と、突然湧いた感覚に戸惑っていると、叔母がもう一度、言った。

「芙見ちゃん、何か欲しいもの、ないの？　おばちゃん、買ってあげるわよ」

一瞬「眼鏡」と言いそうになったのをギリギリのところで押さえ込み「別に」とだけ答えてその後は、何も話をしなかった。

そして、散らかったままのコタツの上で黙々と、舌に繊維のような食感を感じるだけで、味のさっぱりわからないハンバーグ弁当を食べ続けていた。

十二時を過ぎて、ようやく東の空高くに昇ってきた月の姿を見るために、私は屋上へと向かった。そこに通じる階段を上りながら見上げる空は、果てのない闇に包まれて、まるでのぞき込んだ深い井戸の底のようである。

階段を上ったその先に、舞台のような空間が広がった。そこに立てば、空には月の姿とともに、無数の星が輝いている。

プラネタリウムのように。

小学生の時の夏休み。叔母は毎年決まって私をそこに連れて行ってくれた。夏の大三角形を説明するナレーションを暗がりの中で必死になって書き留める私の横で、叔母はいつも小さな寝息を立てていた。平日の午後は夕刊の配達、土日は集金と、働きづめに働いた母のそばで育った私が唯一持つ夏休みの思い出と言えば、そのプラネタリウムで見た、凍りつくほどに鮮明な光を放つ星空と、叔母が立てていた寝息の音、それだけだ。

あれから時間は流れ、私は今、ここにいる。

私から落ちる影。

月からのやさしい光が私に降りそそいだその証として存在する、私の影。そしてそれは、私自身の存在の証しでも、ある。

第七章　三日月の腕時計

土曜日は半日勤務である。

しかし半日勤務といったところで外来が大抵二時過ぎまで続くから、その後、来局した患者の薬歴をコンピューターに入力し、後片付けを終了させる頃には短い冬の日はすでに傾き、夕方の街は、黒い霧が立ち込めたかのような夜の気配で満たされている。西の空に目を向けてみれば、この時期のこの時間にだけ一時的に現れる、限りなく透明なガラスのような色をした空を背景に金星が輝いている。

冬の寒さの中、くっきりとした輪郭を持つその輝きを、私はしばらく見つめている。

さて。

私は頭を切り替える。今日は叔母のために何か料理をこしらえなければならない。

未だ、何の目的でやって来たのかわからないままの叔母。今までだって、そうだった。やって来る叔母に目的などあったためしがない。そもそも叔母は、やって来る目的どころか、人生の目的すら持ち合わせてはいないような人だった。

今回も例外ではないらしい。

満月の夜に突然やって来て、今日でかれこれ六日がたとうとしている。

しかし、いくら勝手にやって来たとはいっても、夕食がずっとお弁当屋さんの弁当だということに、さすがに私も罪悪感を覚えはじめてもいた。

叔母がやって来て数日は、迷惑を被っているのは私の方だと堂々と被害者面ができていたのに、どういうわけか最近は、罪悪感だの後ろめたさだの、そんな後ろ向きな感情ばかりが湧き起こるようになってきた。

私の中にそのような気持ちの変化が現れてきたのには思い当たるフシもある。というのもこの一週間で、年末に慌ただしく引っ越して来たばかりのこの部屋が、見違えるほどきれいになったのである。

まず、フジツボが付着した岩肌のようだったトイレの便器が、むきたてのゆで玉子みたいに白くなった。次に、その全体に砂鉄をばらまいたみたいに黒ずんでいた浴室が、塗り変え直後のような明るい色へと変わった。ささくれ立った畳にはカーペットが敷かれ、ほこりの巣のようだったカーテンは洗濯されのり付けまでされた。

かかったお金は払うから、と私が言うと、叔母は決まって「寸志」とハンコが押された薄っぺらの茶色の封筒を私の前に突き出しては「心配ご無用」と言うのだった。

「みんなでワゴン車の後ろに乗って、その日の現場に行くのよ。そこで換気扇磨いたりガスコンロ磨いたり」

「マコちゃん、あんた、それで月にいくらもらってんの？」

「十二万くらいかしら？」

「ええ！　それっぽっちなの？　朝から晩まで働いて？」

「そうよ」

「もっと割りのいい仕事、他にないの？」

「掃除はあたしの天職なのよ」


母と叔母とのこんな会話を聞いたのは、私が中学生の頃だっただろうか？

じめっと冷たい真冬の寒さが、まるで水槽に満たされた水のように部屋中を覆う中、冷え切った布団にくるまったまま、私は前が真っ黒になったエプロンをつけ三角巾を被った叔母たちが、ワゴン車の後ろにぎゅうぎゅうに詰め込まれて運ばれて行く光景や、窓を開け放ち、北風の通り道になったかのような寒々しい家の中で、鼻の頭を真っ赤にしながら油のこびり付いた換気扇やガスコンロを磨いている叔母の姿を想像し、思わず目をつぶったものだ。

「マコちゃん、本当にもっと割りのいい仕事、ないの？」

叔母にそんなことを言っている母の仕事だって、それほど割りのいいものではなかったことくらい、その頃の私はすでに理解していた。

毎朝一時半に起床する新聞配達という母の仕事は、その当時の私の目には、まるで拷問のようにさえ映っていたのだ。

そんな叔母と母の会話を布団の中で聞きながら、中学生だった私は自分の将来について考えていた。

大学に進学したい、と思った。

その、私の心を映したかのように寒々しく荒れ果てた風景の中、海面を照らす月の光のように、ただ真っすぐに延びている一本の道が、私にとっての正義であり、真実であり、そして希望でもあった。

何が何でも大学に進学し、何が何でも四年間で卒業し、何が何でも自分の力で稼げるようになるのだ。それが私の目標であり、そして、その先にあった最大の目的は、母を楽にしてあげること、それだけだった。

それなのに。

薬害で多くの人々を苦しめる当事者になってしまうかもしれない立場にいる今の私。これは、中学生だった私が本当に望んでいた未来なのだろうか？

そんな思いが頭をよぎり、それを振り払おうとまだまだ月がその姿を現さない夜空を見上げた時、その視界の片隅に、見覚えのある黒いコートが入ってきた。叔母だった。叔母は駅前の自動販売機にタバコを買いに出て来たところだった。

「芙見ちゃん。おかえり」

ただいまという言葉も言わず、私は叔母に近付いてゆく。

「これはあたしの身分証明書。これがあればね、どこで行き倒れても、あたしが誰だかわかるのよ」

顔写真の入った水色のカードを販売機にかざしながら、得意気になって叔母が言う。

「これから買い物に行くけど」

私はそんな叔母を無視し、事務連絡をするかのように言った。

「じゃあ一緒に行こうかしら」

叔母と私はスーパーまで真っすぐに続く松並木を、ごく自然に肩を並べて歩いた。

「芙見ちゃんとこんなふうに、一緒に歩く日がくるなんてね」

空に浮かぶ金星が叔母の気分を感傷的にさせるのか、それともたったひとりの肉親である私を十年ぶりに訪ねて来たというのにやさしい言葉ひとつかけるでもない私の気を引こうとしているのか、珍しく叔母が、しんみりとした口調でつぶやいている。

「姪っ子と、こんなふうに歩く日がくるなんてねえ。しあわせ者だわ、あたしは」

「そんな大げさな」

私はぴしゃりとそう言って、叔母の中に湧き起こったかもしれない感傷的な気持ちを跳ねのける。

人間とは遺伝子の乗り物だ、と言ったある生物学者の言葉を証明するかのように、よく似た貧弱な体形と、同じような髪形をした私たちふたりの後ろ姿は、はたから見たらどこにでもいる普通に仲のよい親子として映るのかもしれない。まさか十年ぶりに再会した根なし草の叔母と、海の底に転がる貝のようにひっそりと暮らす姪の組み合わせだとは、誰も思わないだろう。

母とこんなふうに並んで歩いた記憶を持たない私は、こんな状況の時にいったいどんな会話を交わしたらいいのかがわからない。冷たい空気に耳が痛くなる中、ふたりがたてる足音だけが、まるで、次の季節がやって来る足音のように、レンガが敷き詰められた並木道に響いているだけ。

「芙見ちゃんの名付け親があたしだって、知ってた?」

夏の夕立のように、突然に、叔母が言った。

「そうなんだ。知らなかった」

「あたしが若い頃勤めてたスナックのママさんがね、フミさんっていう名前だったの。いい人だったわよ」

「そうなんだ……」

「とみにうつくしい、で富美」

「私の字とは違うんだね」

「名前負けさせたら気の毒じゃない。なんてったってあたしの名前は雅子よ。みやびよ、みやび。エレガント。名前と実態があまりにもかけ離れてちゃあねえ」

「おばちゃんは十分、雅だよ」

叔母の持つ能天気さは、雅と呼んでもいいだろう。

「またご冗談を。で、富でも美でもない漢字を探して付けたってわけ」

「ふーん」

「富美でも名前負けしなかったよね。芙見ちゃんは昔から、器量よしだったから」

「何を言い出すのかと思ったら……」

「小さい頃あんた連れて歩いてるとね、よくいろんな人から写真撮らせてください、って、言われたんだから」

私の持つ子どもの頃の自分の写真といえば、学校の遠足や運動会の写真くらいである。それ以外の写真なんて、ないに等しい。そんな、本人すら持たない自分の写真が、どこの誰とも知れない不特定多数の人たちのアルバムの中に収まっているのかもしれないと思うと、何とも不思議な気分にもなってしまう。

「職場でもてるでしょ。付き合ってる人、いないの？」

「いるわけがない」

「ま、それもそうだわね。今時の顔じゃないし、そもそも愛嬌はないしね」

「言いたいこと言って……」

「人間ニコニコしていればね、自然に美人になるものなのよ」

そんな会話を交わしているうちに、昼のような光を放つスーパーの入り口へとたどり着いた。

「鍋にしようよ。今日は寒いから」

いつまでたっても空っぽのままのカゴを抱えて食品売り場をウロウロしている私の脇で、叔母が言った。

「鍋なんかないよ。まして卓上コンロなんて、あるわけないでしょ」

私はそう言って、またウロウロと歩き続けた。しかし、ちょっと考えてみれば、家には卓上コンロや鍋どころか、まな板も茶碗もないのだ。紙皿に盛るわけにもいかないから、まずはそれらを買いそろえなければならない。それがわかっていたものだから、私の頭は思考停止状態になり、こんなふうに足だけが勝手に動いて、ただ店内をウロウロしているだけだったのだ。

「あたしにいい考えがあるわよ」

私の心中を察したのか、叔母はそう言って、私の携帯電話で誰かに電話をかけ、しばらく話し込んだ後、私に言った。

「大家さんが貸してくれるって。土鍋があるんだって。卓上コンロもまな板も、何でも貸してくれるって。材料だけ買って帰って来なさいって」

そんなわけで、私の持つカゴの中には叔母が選んだ食材が次々に放り込まれ、あっという間に空だったカゴは、子どもが買い物ごっこをしているかのようにいっぱいになった。

「ちょっと一服してくるわ」

家族連れで混み合うレジに並んだところで一仕事終えたかのように叔母が言い、フロアを真っすぐに進んだ行き止まりにある喫煙所に向かって歩いて行ってしまった。まるで、井戸端会議にでも行くかのような、軽やかな足取りだった。

私は支払いを済ませ、ふたつのレジ袋を両手に提げて、叔母の待つ喫煙所へと向かった。

その途中に寝具売り場があった。土曜日の夕方というだけあって、食品売り場は、まるで行楽地へと向かう休日の駅のように騒がしかったのだが、それに比べて寝具売り場はすべてが秩序正しく整然としていた。

その売り場の中心に、羽毛布団が、まるで結婚式場に飾られた花嫁衣裳のように立て掛けられていた。

叔母に布団を買ってあげようか？

突然に、そんな気持ちが湧き起こってきた。

食事のこともさることながら、叔母が来てからもうすぐ一週間になるというのに布団も調達しないまま、未だにコタツに寝かせていることにさすがに後ろめたさを通り越して罪の意識すら感じはじめたようだ。そして、もしかしたら、叔母に対して新たな感情を抱きはじめてもいるようである。

叔母に布団を買ってあげようか？

吸い寄せられるかのように、私はその羽毛布団のはじを軽く握ってみた。自分の体温がじんわりと広がって、重さをまったく感じないのに手の平全体が、まるで日の光にかざしているように温かくなってきた。

それは、はじめて体験する感触だった。

私はその時まで、布団の中の温かさとは、重さによって生じるものだと思っていたのだ。

「温かいでしょう?」

年配の男性店員に声をかけられた。

「はあ……」

私のため息のような返答は、無関心からくるものではなくて、感動のあまり声にならない、というタイプのものだった。

「羽毛は吸収した水分を自分で発散しますからね。いつもフカフカですよ」

「はあ……」

母親のスカートの裾をつかんで離さない子どものように、布団をつかんだまま離さない私の手の平は、私自身から生じる体温を逃さず吸収した羽毛のためか、自然な温かさに包まれていた。

「今ならお年玉セールで半額になっています。お買い得ですよ」

値札を見たら、十万円が半額になっていた。

羽毛布団というものに、今までまったく興味も関心もなかったせいもあり、その金額が高いのか安いのか、私には到底わかるはずもなかった。ただわかっていることは、今の私にとって、その金額の買い物をするために必要なお金を用意するのは簡単だ、ということ。

そう、私はお金を持っている。

そして、そのお金で生きてゆくことができるのだ。

自分が稼いだお金で、誰にも頼ることなく生きてゆくこと。

それは、昔の私が一番に望んでいたことでもある。

しかし、今の私はお金以外に何も持ってはいなかった。

お金以外、何も。

私はこの十年間で、いったい　何をやってきたのだろうか？　と思う。

母が死んだ後、ひとりで歩き続けてきた、私の十年間。

誰もいない月の表面に、ただ立ち続けていただけのような、私の十年間。

それがいかに哀しい行為であったか。そして何かを、それも大事な何かを欠いた行為であったか。私はそれを、自覚しはじめていた。

「この現物でよろしければ、更に三割引きしますよ」

店員の言葉で現実に戻る。

私はそれを買う決心をした。

厚みが大きめのクッションほどもあった羽毛布団は、店員の手早い作業によってあっという間に手品のように小さく折りたたまれて、ついには映画の寅さんが旅に出る時に持ち歩いているカバンを一回り大きくしたくらいのビニールケースにすっぽりと収まってしまった。

「ありがとうございました」という声に見送られるようにして、私はカバンを肩に掛け、片手に食材の入ったふたつのレジ袋、もう片方の手に羽毛布団の入ったビニールケースを持って、フロアの一番奥にある喫煙所まで、叔母を迎えに歩いて行く。

誰かを迎えに行く、という行為にとまどいながらも茶色く汚れた喫煙室の中に叔母の姿を見つけた時、突然、母の帰りをひたすら待っていた幼い頃の自分が現れた。

それは、安堵感にも似た奇妙な感覚だった。

「おばちゃん、これ」

私は羽毛布団が入ったビニールケースを、ヤニの匂いを振りまきながら喫煙所から出て来た叔母に渡した。

「これはもしかして、羽毛布団ではないですかい？」

おどけた調子で、叔母が言った。

「ご名答」

私が言った。


結局その日の夕食は、大家さんの部屋でとることになった。

大家さんという人は、どんなに取り繕ってみたところでその内面が顔や態度に出てしまう正直な人のようで、無関心を装いながらもその表情や仕草から、かなり浮かれているであろう心境を、簡単に読み取ることができた。居間のコタツの上には卓上コンロが用意され、その上に鎮座した土鍋からは絵に描いたような湯気が立ち上り、まるでホームドラマのセットのような、何とも和やかな雰囲気がかもし出されていた。

湯気の直撃を避けるようにして鍋の中をのぞいてみたら、お札くらいの大きさのコンブが一枚、入っていた。それはダシで、それを入れるか入れないかで味が大きく変わるのだ、と大家さんが解説してくれた。

「このポン酢、おいしい。ゆずの風味がよくきいてるわね」

と、大家さん。

「わかる？　高かったのよ。それだけは奮発したんだから」

と、叔母。

「鍋なんて何年ぶりかしら？　この土鍋を出したのも何年ぶり？　ひとり暮らしだと、なかなか鍋なんてね」

「みんなで食べるとおいしいわね」

「今度はすき焼きでもしましょうよ。すき焼き用の鍋もあるのよ」

「それいい、賛成！」

そんなふたりの会話を聞きながら、私はただ黙々と、味がわからず時々耳の下にキーンと響くポン酢のすっぱさしか感じることのない水炊きを食べ続けた。

そして気が付けば、いくら味がわからないとはいえ、三人で鍋を囲んで食事をしている自分に驚いていた。

食事が一段落し、大家さんが毎週必ず見ているのだという一週間の芸能ニュースとやらがはじまると、ふたりは時々高らかな笑い声をあげながら、それに夢中になった。

私は湯気で曇るガラス窓をそっと手で拭いて、その夜空に月の姿を探してみた。

東の空には半月間近の月が、まさに今、顔を出したばかりだった。まわりに対象物がない空高くの月と違い、地平線間近に見える月は不思議なほど、大きく見える。

あれが本当に、球体なのだろうか？

ドームに貼りついた紙のように平面的なその姿は、手を伸ばせば桜の花びらみたいにつまめてしまえそうだった。

氷のように冷たい空気の中、輪郭のぼやけた月のまわりだけが、虹のようにも見える幻想的な光で満ちあふれている。

似たような光景が、私の記憶の奥にあるような気がする。記憶の片隅で、ひっそりと、誰かが呼び起こしてくれるのを、ただじっと、待っているような気がする。

そうだ。あの時もこんな月を見た。

中学三年生の冬。

母と叔母と三人で、雪道の中を新聞を配って歩いたあの、冬の日。

このあたりにしては珍しく、数年ぶりに十センチちょっとの雪が積もった。

母は夕刊をバイクで配達することができなくて、一部ずつ丁寧にビニール袋で包んだ新聞を、少しずつショッピングカートに積んでは雪道の中を引っ張って歩き、それでも一件一件新聞を配って回っていた。

叔母と私は、新聞を詰め込めるだけ詰め込んだ大きな袋を肩に背負い、母の進む距離が少しでも短くなるようにと、郊外の住宅地独特の碁盤の目のようになっている道路の所々に新聞を置いて回った。

身体を酷使する重労働であるにも関わらず、雪でぐっしょりと濡れて冷たくなった毛糸の手袋は指先の感覚を次第にまひさせてゆき、穴の開いた運動靴を通して足元からはい上がってくる切られるような冷たさは、下半身の力を奪ってゆくようで、私は何度もその場にへたりこみそうになった。

とどめのように吹きつける冷たい風に、何度も意識が飛ばされそうになる。

しかし私が本当につらかったのは、そんなことではなかった。

男物の釣り用の防寒具で全身を包み、目の部分だけが開いた帽子の上にヘルメットをかぶった母の後ろを叔母とふたり、新聞でいっぱいになって石のように重い袋を背負って歩いていた時、進学塾からの帰りらしい級友たちに出会った。

彼女たちはみんな、制服とは違うしゃれたデザインのオーバーを着て、鮮やかな色の長靴をはいていた。

雪明かりの中に見るその集団は、まるで照明の下に置かれた金平糖のようだった。数年ぶりに積もった雪に浮かれていることは、その足取りや時々発せられる奇声から、十分過ぎるくらいに伝わってきた。

「あれ、姫野さんじゃない？」

「新聞配ってるの？　どうして？」

「ほら、姫野さんのお母さん、新聞配達してるじゃん」

「夕刊？　こんな時間に？」

「何か、かわいそう……」

薄汚れたノラネコに向けられるような、哀れみと軽蔑と攻撃性とが複雑に入り混じった残酷な視線。

容赦なく私に向けられたその視線こそ、寒さなんかとは比べものにならないほどに、私の心を凍りつかせたのだ。

私は聞こえなかったフリをした。見なかったフリをした。悔しさと恥ずかしさと惨めさのあまりにあふれ出した涙は鼻水と混ざり、顔面でそのまま凍りついてしまいそうだった。

その集団が通り過ぎた後、見上げた雪の止んだ東の空には今日のような半月に近い月がぽっかりと浮かんでいた。そこから放たれた幻想的な光は夜空の中で虹のような色に染まり、流れる雲を照らしていた。

「私たちは、ツイてるわね」

叔母が、言った。

「あんなすごい月、めったにお目にかかれるもんじゃあないわよ」

私は上を向いた。

涙がこぼれないように。

「芙見ちゃん、よく見ときなさいよ。お金払ったってね、あんな月、見られないんだから」

その視線の先にある月の光を見つめていたら、更に涙があふれてきた。

部屋に戻り、早速買って来た羽毛布団を出してみた。ビニールケースのファスナーを開けて引っ張り出すと、それはまるで、袋から出して水につけるとあっという間に数倍に膨張する、ビジネスホテルの浴室に備え付けられたスポンジのように大きく膨らんだ。

叔母が風呂に入っている間に私は自分の敷布団の下に敷いてあるマットレスを叔母用の敷布団にし、羽毛布団の上に更にコタツ布団を掛けて叔母の寝床を作った。

「おばちゃん、今晩からここに寝なよ」

風呂から出て来た叔母はふたつ並べて敷かれた布団を見て、一瞬息をのむ、といった感じに無言になった。

「今日買った羽毛布団の方が、おばちゃんだからね」

私はそれだけを言うと、驚いているであろう叔母の気配を背中に感じながら、外に出た。そしていつものように、屋上へと向かった。

雑居ビルの廊下の蛍光灯はいつの間にか付け替えられていて、出口のない洞窟のようだったその空間をほどよく照らし出していた。階段を上りながら、その身にまとわりついた人工的な光の残像を、少しずつ落とすかのように、私は月の舞台へと向かう。

階段を上り終え、私は屋上の入り口に立つ。暗闇と静寂に包まれた空間が広がる。

墨汁のように真っ黒な夜空には、右側を大きく欠いた月が東の空に昇ってきていた。そのかすかな光の中で、私は今日、叔母のために買い求めた羽毛布団の温かさを思い出していた。

私は今までの自分の人生の中で、はじめて誰かに何かを買ってあげることができたのだ。

私は腕にはめられた時計を眺めてみる。文字盤の上半分に、イチョウの葉の形に切り取られた窓が付いていて、その窓の中を太陽と三日月が、十二時間交代で昇ったり沈んだりする、そんな仕掛けが施された時計。

この時計は高校の入学祝いに叔母からもらったものだった。

時計の針は十二時を指し、ちょうど三日月が南中していた。


「今日は芙見ちゃんに、いいもの買ってきたんだから」

高校の入学式の前夜、また突然に、叔母はやって来た。

雲に覆われた夜空に月の姿はなく、薄暗い部屋の中で、明日から三年間着ることになるエンブレムの付いた紺のブレザーと、格子柄の入ったグレーのプリーツスカートが、湿気のためなのかシミだらけになった部屋の壁に掛かっていた。

「ほら、腕時計。高校は電車で通うんでしょ」

そう言いながら、まるでトカゲの黒焼きでもつまむかのようにリュックの中から叔母が取り出したものは、何の包装もされていない腕時計だった。

「駅の露店で千円だったのよ」

取り出した腕時計を目の高さで振り子のようにブラブラと揺らしながら、叔母が言った。

「ありがとう。おばちゃん」

夜中の十二時に合わせて三日月が南中するというその仕掛けのでたらめさは、当時の私にも十分理解できたけれど、そんなことはどうでもよく、はじめて身に付ける腕時計の重さと違和感を左手首に感じながら、私はほんの少しだけ、涙を流した。

その夜はそれを付けたまま眠った。時計が耳元で刻む秒針の音は、母親の胎内で聞くもうひとつの鼓動のようだった。

翌日の入学式は、どうしても夕刊の配達を休むことができなかった母にかわり、叔母が付き添ってくれた。

校門をくぐると赤いレンガの敷き詰められたえんじゅの並木道があり、その先に、雲のように真っ白な校舎が見えた。

「さすが私立ねえ。みごとなもんだわ」

叔母は人ごみの中で立ち止まり、まるで観光地にでも来たかのような感激の声を上げた。

三年間の授業料は免除になるとはいえ、制服を買いそろえたり、決して安くはない通学定期を用意するために母がどれだけ苦労したのかを、私は知っていた。そして今も、母は新聞販売店の中で、私の入学式に出ることもないまま、折り込みの作業をしているのだろう。

「義姉さんにも、見せてあげたいわね」

赤いレンガ敷きの道が真っ直ぐに延びるその先にそびえる真っ白な校舎。それらを視界に収めながら、叔母が静かに言った。

「たいしたもんだわ、義姉さんって人は。こんな日にまで新聞配って。芙見ちゃん、しっかり勉強しなさいよ」

「わかってる」


あの日から、すでに十七年という時間が流れている。

十七年。長い年月だ。

母は死に、私は自分の力で生きてゆけるようになり、そして叔母は今、こうして再び私の前に現れた。

おばちゃん。

その間、私はずっと、あの時叔母からもらった腕時計を身に付け続けている。数年に一回電池交換をして、四、五年に一回ベルトの交換をする。

そして時々、何の目的もないままに、文字盤の太陽や三日月を、眺めて過ごす。

第八章　青の記憶

目覚まし時計がなっている。

今日は確か日曜日。それなのに、どうして時計がなるのだろう？　と思いながらも音に対する条件反射のように、私の手は目覚まし時計へと伸びてゆく。

しかし、ボタンを押してもその音は止まることなくなり続けている。

ピピ、ピピ、ピピ、ピピ。

目覚まし時計でないとしたら、ではこの音はいったい何なのだろう？

破壊の音にも似た高音が、鼓膜を不快に刺激する。

ガス漏れ警報機かと思ってあわてて上体を起こした瞬間、枕元の待機用の携帯電話が小刻みに振動しながら赤い光を放っていることに気が付いた。

「はい、薬剤師の姫野です」

「ああ、姫野さんでしたか。今日の待機は。内科の倉橋です」

「お疲れさまです」

「こんな早くからすみませんね。すみれ台の加藤さんなんですが。今日からフェンタニルの量を増量したくて」

「痛みのコントロールがつかないんですか？」

「頓服の服用頻度が増えていて。日曜日で悪いんですが」

「構いませんよ」

かすかな振動とともに、電車の走る音が聞こえてくる。

わずかに差し込む光に当てて時計を見たら、もうすぐ七時になるところだった。

世の中は、もうとっくに動き出しているようだ。

「三十分で着くと思います」

「そうですか。それではご家族には七時半頃、薬局に行ってもらうように話しておきます」

「わかりました」

電話を切ってから、できるだけ音をたてないように布団を抜け出る。

天気は曇りのようだった。

そのためだろう、北向きで、ただでさえほとんど日の光の入らないこの部屋の中は、まるでうっそうとしたスギ林のように薄暗かった。しかし、隣で寝ている叔母を思えば電気をつけるわけにもいかず、暗闇の中、手探りで前後を確認しながら枕元に積み重なった服を身に着け靴下をはく。

その気配に叔母が目を覚ましたようだ。

昨日、ひょんなことから羽毛布団を購入した。

叔母が突然転がり込んで来てからの五日間は、私はこの布団の部屋、叔母は隣のコタツの部屋、とふたり別々の部屋に寝ていたのだが、羽毛布団の購入に伴って、昨晩からは叔母と私は布団を並べて寝るようになっていた。

「なあに？　こんな早くから」

布団の中から間延びしたような叔母の声。

「もう七時だよ」

「何言ってんの。今日は日曜日じゃないの。七時はまだ寝てる時間よ」

そんな叔母の声を完全に無視し、身仕度を整えた私はそっと玄関を開けて外に出た。

山の上にでもいるかのような静けさと冷たい空気の中、息の続く限り走って駅へと向かい、タイミングよく到着したガラガラの上り電車に乗り込んだ。

外の扉のカギを開け、警備を解除してから薬局内に入ると、照明をつけるより早くコンピューターを立ち上げる。

空色に浮かび上がってきた画面に薬局のパスワードを入力し、電子薬歴を開く。続いて患者検索画面へと進み、加藤さんの氏名を入力した。さらに自分の職員ＩＤと個人認証パスワードを入力すると、加藤さんの薬歴画面が立ち上がってくる。

画面の左側に処方内容、右側に担当した薬剤師の指導内容が書かれている。それを見て、今までの経過を確認しながら加藤さんの奥さんを待った。

加藤さんは末期がんの痛みを麻薬でコントロールしながら自宅で過ごしている。

ここ十数年の間に医療用麻薬に対する考え方も随分と変化し、薬も開発され、在宅での痛みのコントロールを可能にしてきた。しかし、まだまだ教科書通りにはいかないことが多いのも事実である。

静けさを打ち破るような車の音が近付いてきた次の瞬間、薬局の前に止まる気配がしたので出てみると、軽自動車の運転席から加藤さんの奥さんが、押し出されるように降りてきた。

一睡もしていないようで、その表情にはいつものサバサバとした明るさはない。

「すみません。こんなに早くから」

無理につくる笑顔は泣き出す寸前の子どものようで、何かのきっかけさえあればその目からは涙があふれ出しそうにさえ見えた。

「いえ、構いません」

私は処方箋を受け取ると、さっきの電話で倉橋医師が言っていた通りに薬が増量されていることを確認し、そこに記載されている薬を調剤した。

「昨日から、頓服飲んでもちょっとの時間しか効かなくなってきて……」

「そのようですね。今日から定期的に使う痛み止めの貼り薬の量を増やすことになりました。先生からもお聞きになってますね？　今までのより一まわりサイズが大きいこと、わかりますか？」

私は薬の一枚を奥さんに渡し、実際にその目で見てもらった。

「ああ、わかります」

「今日からこれを貼ってください。それでも痛みが和らがなかったり、何か変わったこと、例えば呼吸の様子とか、いつもと少しでも違うなと感じることがありましたらいつでも連絡ください」

奥さんを見送り時計を見たら、もうすぐ八時になろうとしていた。私は再び端末の前に座り、今のやり取りをコンピューター画面に入力した。

S…昨夜から痛み（＋）頓服を飲んでも以前より効いている時間が短くなってきた。

O…フェンタニル増量。

A…疼痛《とうつう》コントロール不良のため、フェンタニル増量にて経過観察。効果とともに副作用、特に呼吸抑制は注意深い経過観察が必要。

P…薬が増量になっていること、説明。実際に薬を見てもらう。呼吸の状態に注意し、いつもと変わった様子があれば連絡するように伝える。

時間にして一分くらい。時計はちょうど、八時を指していた。

駅に着いた私は自宅に戻る下り電車には乗らずに、そのままホームのベンチに座っていた。

雪でも降り出してきそうな厚い雲の下、痛いくらいの寒さに震えながら、私はほとんど人が乗っていない下り電車をもう何本も見送っている。

井出さんの所に行ってみようか？

さっきから、そんな思いが浮かんできたかと思えば消えてゆく。それはまるで、押し寄せては引いてゆく波のようで、しばらくするとまた浮かんできては消えてゆく。そんなことを、もう何度も繰り返している。

私がいつまでも井出さんが入院しているみなと病院へ行く上り電車に乗る決心がつかないでいるのは、今まで彼女の自宅を訪問するたび、何度も浴びせられた「帰れ！」「来るな！」という罵声を再び受けるかもしれないことを恐れているからではなく、おそらく、もうそういうことさえ言えなくなってしまっているであろう彼女と向き合うことが怖いからだ。

井出さんは、私が昨年の四月に今の配属先である保険薬局に転勤してきて最初の訪問を担当した患者だった。医師の指示と患者の了承があれば、介護保険のサービスを利用して、薬剤師の訪問指導を受けることができる。

月に二回の訪問の時、井出さんはよく昔の話をした。小学校を卒業したらすぐに重いカゴを担がされて行商に出ていた話や、ひとりで五十人分の献立作りから調理までの一切を切り盛りしていた飯場での思い出話などだった。

それは井出さんにとっては思い出話というより、むしろ苦労話と表現した方がいいのかもしれないが、重いカゴを担ぐ体力も、料理を作る味覚も持たない私は、井出さんが語るその話を、絶対につかむことができない夜空に瞬く星を眺めるような思いで聞き続けていた。

ひとり暮らしで近所付き合いはおろか、親戚との付き合いもなさそうな井出さんにとって、誰かと話をする機会は他になかったのだろう。溜まっていた声を出し切るかのように、井出さんはいつまでも話し続けた。それでも次に回らなければいけない家を気にしながら相づちを打っている私がチラッと腕時計を見た瞬間、彼女は「遅くなるね、もう帰んな」と言うのだった。

井出さんという人は、そういう細かい気配りができる繊細な神経を持ち合わせている半面、手がつけられないほどの気分屋だった。機嫌よくしゃべっていたかと思えば次の瞬間には「ものがなくなった」と騒ぎ出したりすることはしょっちゅうだった。

「コタツを持っていかれた」「テレビを取られた」「冷蔵庫がなくなった」

聞いているこちらとしては苦笑するしかないような、そんな現実味のない話など、誰もまともに相手にすることはなかったのだろうが、何度も聞かされるとさすがに嫌になり、おそらくそれを聞かされていた何人もの人たちが、不愉快な思いをしていたのも事実だろう。

近所の人や親戚が寄り付かなくなったのは、おそらくそういうことが理由なのだろう。ある意味、それは自然なことなのだ、とも思う。そして結局、最後に彼女のまわりに残ったのは、医療、介護スタッフだけ、という状況になったようだった。

井出さん本人の拒絶だったりスタッフの方が音を上げたり、理由はさまざまなのだが、数カ月の間に何人ものスタッフが入れ替わっていた。

そんな状況の中、交代させられることもなく、私が何とかそこに留まっていられたのは、井出さんのいつ終わるのかもわからない話をただひたすら聞き役にまわって聞き続けたから、それだけのことだ。

それは私が傾聴ボランティアのようなテクニックを持っていたからではまったくなくて、人との対等な会話というものに慣れていない私としては、聞き役にまわってただうなずくしかなかったのだ。ただそれだけの理由だった。それでも私たちは、まるでカギとカギ穴のように、相手が変われば成立しない関係になっていたのも事実だろう。

しかし、そんな私と井出さんの間にも、小さないざこざは何度もあった。

井出さんの薬の服用状況は極端に悪く、そのため病状はよくなる気配がないどころか日を追って悪くなり、自覚症状も悪化してゆくばかりだった。

理解力がないわけではない。また、薬の服用を拒否するような明確な理由があるわけでもなく、錠剤をうまく飲み込むことができないといった、嚥下《えんげ》機能の障害があるわけでもなかった。

原因を見つけられない限り、その先の援助の方針を立てることはできないのだ。薬を指示通りに飲むことができない原因を突き止められずに困惑する私は、自分でも無意識のうちに、井出さんに対して詰問口調になっていたのかもしれない。

「ちゃんと飲まないとだめじゃないですか」

「どうして飲まないんですか?」

「薬を飲まないといつまでたってもよくなりませんよ」

私から発せられるこれらの言葉が、井出さんの体調を心配して出た言葉ではなく、服用状況の改善、という目標にたどり着けない私のいら立ちから出た言葉であることに、彼女はちゃんと、気付いていたのだ。そのためだろう、井出さんから「帰れ」「もう来るな」と罵声を浴びせられることが何度もあった。

昨年の仕事納めの日、井出さんの自宅を訪問した。道行く人の動きが何となく気ぜわしい、北風の冷たい夕方だった。

その日も冷たい雨粒のように浴びせられる罵声を何とかかわし、食事の際には必ず冷蔵庫は開けるだろうと、食材がたっぷり入っていることを確認した後、冷蔵庫の扉に一回分ずつ服用しやすいようにパック詰めにしてある薬を、朝昼夕と服用してもらう順番にテープで貼ってきたのが最後の訪問になった。

井出さんが入院となったのはそれから一週間後、年が明けてすぐのことだった。

井出さんの所に行ってみようか?

腕時計はすでに十時半を過ぎている。もう二時間以上もこうしてベンチに座っていることになる。身体は凍ったように固くなり、それをほぐすために時々立ち上がってみると、膝と足首に痛みを感じると同時に、血液が一気に重力に引かれるのか、一瞬目の前が暗くなる。

視線の先には工場街が見える。その巨大な塊に隠されて、この場所からは海を見ることはできない。しかし電車で数分も走ればその右手には、このどんよりと暗い空を映した陰鬱な海が見えてくるはずだ。

井出さんも、病室のベッドに横たわりながら、そんな海を見ているのだろうか？　潮の香りを含んだ風と、海を見ている井出さんの横顔が私の背中を押したのか、気が付けば上り電車の中にいた。

扉の脇に立ち、車窓に流れる外の景色を眺めていた。

この光景は、私のまぶたと脳裏の奥に、まるで画質のよいカラーコピーのようにくっきりと刻み込まれている。

通っていた高校が、みなとの駅のふたつ先の駅を降りた所にあったから、高校時代は毎日この景色を眺めて通学していたのだ。車窓から眺める視界の中に、街路樹以外の緑がほとんど入ってこないのは、単に冬だからという理由だけではない。

ペンキの剥げかけた看板をのせた古びた雑居ビル。廃屋のようにも見える小さな町工場。細長い土地に無理やり建てられた紙のように薄っぺらな高層マンション。それらに埋めつくされた、どこか哀しい風景。

この風景が十五年の間に変わったのか、あるいは変わっていないのか、変わったのだとしたらどこがどう変わったのか、私にはわからない。

十五年前のこの風景を写した写真と今を写した写真とを並べて見比べることができたとしたら、おそらくそれは大きく変わっているのだろう。しかし、変化の中に実際に身を置いている時には、それを実感するのは難しいことのようにも思う。

十五年前の風景など、もう思い出すことなんて、できない。

でも、あの時、あの、高校生の頃、今と同じように電車に揺られ、車窓に流れる風景を眺めながら考えていたことだけは、今でもはっきりと思い出すことができる。

早く自分の力で生きてゆけるようになりたい、と。

早く自分で稼げるようになって、誰の力も借りることなく、自分の力だけで生きてゆけるようになりたい、と。

それは、ただひとつの、そして最大の、私の望みだった。その目標達成のために、私は学問をした。学問とは私にとって、自分の知らない知識の吸収や蓄積の喜び、新しい事象の発見に伴う感動などではなく、自立のための手段に他ならなかった。

そして今、私はその頃の私が望んだ場所に、立っている。

自分の力で生きているのだ。

誰の力も借りることなく、自分の力だけで、生きているのだ。

自分の力で生きてゆくこと。

それは、十五年が過ぎた今、目標ではなく、現実となった。

仕事を得ることによって、それは現実となったのだ。

しかし……と思う。

私はこの仕事を続けていてもいいのだろうか？　と。

それは、ずっと前から考えていたことのようにも思う。そのことに気付かないフリをして、ごまかしていたのだ。それが一週間前、広瀬さんから見せられた、ビラの裏に書かれた文字によって、引っ張り出されたのだ。

あの、黄色いビラに書かれた文字。

――人殺しのくせに
それは、容赦なく私を責め続けている。

私は今の仕事を続けていって、いいのだろうか？

不安なだけではない。おそれてもいるのだ。

そして、そのおそれと真正面から対立することができない自分の弱さを凝視した時、電車はみなとの駅に到着した。

海からの風が吹き抜ける、みなとの駅。

さて、と私は思う。

今は取り合えず、目の前のことをやってゆくしかない。逃げ出すことなど、できないのだ。駅の階段を下りた所からまっ直ぐに延びるレンガ敷きの道を踏みしめるように歩き、私は井出さんが入院しているみなと病院へと向かう。


井出さんの寝顔は疲れきっていた。いや、疲れきっていた、というより、何かに怒り、何もかもに絶望しているかのようにも見えた。顔面に刻み込まれた無数のしわは、井出さんの今までの人生の長さを物語り、そしてそれは、おそらくそんなに恵まれたものではなかったであろう、ということは、疲れきって脱力したかのようでありながら、それでもなお、深く刻み込まれた眉間のしわから容易に察することができた。

四人部屋の窓際のベッドで眠っている井出さんの顔を、厚い雲の隙間からライトのように降りそそぐ冬の光が照らしている。

窓の外へと目を向けてみると、遠くの方に、まるで鏡のようにその光を反射して白く輝く海が見えた。

私は音をたてないようにカーテンを閉め、再びベッドの脇のパイプ椅子に座った。

そして、母のことを思い出していた。

十年前、病室のベッドで眠る母の眉間にも、深いしわが刻み込まれていた。それは単に、身体の苦痛からきているだけではなく、今までの、決して楽だったとはいえない、決していいことばかりだったとはいえない母の人生の象徴のようだった。

私はそう遠くはない母の死を頭の片隅にチラつかせながら、母が眠っているベッドの脇に座り「死んだ後もこのしわは残るのだろうか？」そんなことを、考えていた。

眉間に深い深いしわを刻みつけたまま旅立たせなければならないことが気の毒でならず、それはすべて私のせいなのだ、という考えに至った時、私は自己嫌悪という塊に押しつぶされそうになっていた。

母が死んだ時、そこにあった眉間のしわは、まるでアイロンをかけたかのように、その痕跡さえ残さず、きれいに母の顔面から消え去っていた。

鼓動と呼吸を止め、つかみどころのない命というものが抜けてしまった母の遺体の脇に呆然と立ち尽くしたまま、私はついさっきまでそこに存在していた眉間のしわが、跡形もなく消えていることに安堵していたのを、覚えている。

「姫野さんかい？」

うっすらと目を開けた井出さんから発せられた息のようなその声に、私はただうなずくのがやっとだった。

「来てくれたんだね」

「はい」

「もう、来てくれないかと思った」

遠い昔を懐かしみながら見ているかのような視線を空間に漂わせながら、井出さんが言った。

私は彼女と過ごした一年足らずの時間を振り返る。もしかしたら、ここまで私の心の中に入ってきたのは彼女がはじめてだったのではないか、という感覚に覆われて、いずれやってくるであろう彼女との別れを想像し、焦燥感に襲われる。

井出さんにとって、私はどのような存在だったのだろうか？

私は彼女の人生に、どのような形で関わりを持ったのだろうか？

それを聞いてみたい気もする。自分の存在が誰かの人生に何らかの影響を与えてしまうことを極度に恐れていた私がはじめて普通に接することができた人、それが井出さんだったのではないだろうか？

「来てくれないかと思った」

井出さんの深く刻まれた目じりのしわに、涙がにじんでいた。

私はかける言葉を見つけることができないままに、ただ彼女の横に座っているしかなかった。

母の時と、同じように。

今からちょうど十年前も、こんなふうに、ベッドに横たわる母の脇で、言葉を交わすこともなく、ただ流れてゆく時間の中に身を置くしかない自分がいた。

一秒一秒、刻むように流れる時間。

それは確実に、母の死、そして、私たちの別れへとつながっていた。

語りかける言葉どころか、私たち親子の間には、通じ合った何かさえ、まったくなかった。

――私さえ、いなければ

私は子どもの頃から常にそういう感情に支配され続けていた。

私が小学校二年生の時に父が死んで以降、母は私を育てるためだけにその人生を犠牲にしてきた、と言っても決して過言ではない。

毎朝一時半に起床し、毎日三百部もの朝刊と夕刊を配り続けたのだ。それだけではない。配達の合間に集金や拡張、折り込み作業もこなしていたのだ。身体があまり丈夫ではなかった母は、それこそ歯を食いしばるようにしてその作業を続けていたのだろう。

そう、私さえいなければ、母は命を削るような過酷な労働に明け暮れる必要など、なかったのだ。

私さえ、いなければ。

その罪悪感が私に重くのしかかり、かといって、この場におよんでも謝罪の言葉を口にする勇気もない自分を情けなく思いながら、ただ沈黙という場所に逃げ込むしかなかった。

私さえ、いなければ。

この感覚は、常に私を支配し続けていた。

母の死の原因の一端、いや、その多くは私の存在そのものにあるのだ。その考えにまで至った時、私は自分の存在が、ひとりの人間を死に追いやろうとしている事実がもたらす、救いようのない罪悪感の中に溺れてしまいそうだった。

季節は梅雨で、病室の窓からは、庭に咲いた真っ青なあじさいが見えた。花に降った雨の雫が真っ青に染まってしまうのではないか？　そう思うくらいに、あじさいの花が真っ青だったことを、覚えている。

井出さんは、眉間に深いしわを刻んだまま、今までに自分のまわりに起こった嫌なことすべてを拒絶するかのように、固く目を閉ざしていた。

母と似ている、と思った。

人との距離の取り方も、コミュニケーションの取り方もわからない。自分勝手で人付き合いが苦手なくせに、人一倍孤独に敏感だった。

そしてそれは、そのまま今の私自身の姿でもあるのだ。

私が井出さんと一年近く、こうした関係を続けることができたのは、そこに母の面影を見ていただけではなく、自分との類似性に気付いていたからなのかもしれない。

末期がんが発覚した途端、母は突然、別人格に入れ替わってしまったかのように、周囲、特に私に対していろいろな要求を突き付けるようになり、そして、わがままになった。

聞いたこともない料理の名前を突然言い出したかと思えば私にそれを作るように命じたり、家の布団が汚いとぼやいては通信販売で多量の布団を注文したり、それまで付き合いのまったくなかった近所の人から、わけのわからないペットボトルの水を何箱も購入したりした。

今まで「眠たい」「疲れた」このふたつの言葉しか発することがなく、家にいる時は、ただ睡眠をとることだけにしか関心がなかった母の変貌ぶりに戸惑いながらも、そのたび、私は要求に応えようと一応の努力をしてみたり、無視したり、後始末に追われたりしながらも、何とか事態を丸く収めてはいた。ただ、一番困ったのは、病院に行きたくない、と言い出すことだった。

診察の予約日の朝になって突然病院に行くことを拒んだり、入院を勧められてもかたくなにそれを拒否したりした。そうかと思えば突然「明日から入院する」と言い出すこともあった。そして病院側に事情を話し何とかベッドの手配を取り付けてもらうと、入院当日になって「やっぱり入院しない」と言い出したりするのだ。そういうことが、何度か繰り返された。そして私はそのたび、病棟の師長に頭を下げなければならなかった。

おそらく母は、死を目前にして、やっと、自分のわがままを言えるようになったのだろう。今まで、男の中に混じって朝の一時半から起床し新聞を配り続ける生活の中、決して弱音は吐くまいと誓って一文字に固く結ばれた口元からは、弱音どころか、他のあらゆる言葉さえも発せられることがなくなってしまっていたのだ。そんな母の、最後のわがまま、それはすなわち、社会に対してのささやかな抵抗でもあったのだろう。そして、自分が抵抗すればするほど、相手の関心が自分に集まるということも、ちゃんと、わかっていたのだ。

今まで、誰の手も借りることなく、いや、あえてそれを振り払うかのようにただひたすら自分の力だけを頼りに生きてきた母の周囲には、気が付けば、もう誰ひとりとして母を相手にしてくれる人は残ってはいなかったのだ。そんな母の、最後の抵抗、悪あがき、そして、帳尻合わせだったのかもしれない。

「娘さんのことが、嫌いだと、言っています」

三十代前半の、聡明な性格をそのまま反映しているかのような、真っ直ぐな視線を放つ目を持った師長が言った。

学芸会で、やっと覚えた台詞を読んでいるかのような、文節の最後の母音に妙に力を込めたその口調と張りのある大きな声は、午後の勤務室に、まるで街中に設置された防災無線から発せられる放送のように響き渡り、点滴の用意をしている看護師や、カルテに指示を書き込んでいる医師や、小児科に配られるおやつの配膳をしている助手の手を、まるで停止ボタンでも押したかのように、一気に止めた。

「娘さんのことが、嫌いだと、言っています」

何も言わない私に対し、息の根を止めるかのように、もう一度、師長は言った。

母は、やっぱり私のことが嫌いだったのか……。

私のためにあれだけ過酷な労働を続けてきたのだから、それはある意味、自然なことなのかもしれない。

そんな気持ちが一瞬湧いたのも事実だが、それは都会に降る雪のようにあっという間に消え失せて、その後は、母が発したというその言葉の裏に隠されているであろう本当の意味が、じわじわと私の脳裏からあふれ出し、私は息苦しささえ感じはじめていた。

母が私に対してその言葉通りのことを感じているのだとしたのなら、そして、嫌いだという対象を、はっきりと言葉にして他の誰かに伝えることができたのだとしたのなら、私も少しは救われるだろうに。

そんなことを、考えていた。

しかし、実際はそうではなかった。

私には、わかる。

自分の娘を嫌いだ、と言ってまで、他人の関心を引こうとしている母の、今まで誰からもまともに相手にされてこなかったであろう人生を思ったら、息苦しさに加え、たまらなく哀しい気持ちになってきた。

「そうですか……」

私はそれだけ言って、膝の上に置いた自分の手に視線を落とした。

擦り切れた毛玉だらけのコートの袖口から出た細い私の指は、まるで枯れ枝のようにみすぼらしくて、目の前に座る師長の張りのあるそれの半分くらいの太さしかなかった。

実は……という類いの私からの打ち明け話でも期待していたのか、師長は私に刺すような視線を投げ付けたかと思うと、タバコの煙を吐き出すかのような長いため息をついてから、無言のまま席を立ち、そのまま部屋を出て行った。

それが合図になったかのように、止まっていた勤務室の空気が再び動き出した。看護師は点滴の用意をはじめ、カルテに向かっていた医師のペンはサラサラと動き出し、助手はプリンのお皿を手際よくお盆にのせはじめた。それを見届けて、私は勤務室を出た。

「かわいそうね……」

母の病室に戻ることもできないまま、人のいない午後の外来の待合室の椅子に座った私の隣に腰を下ろした年配の看護師が、言った。

師長と私のやり取りの一部始終をそばで見ていたその看護師は、心配して私の後を追って来てくれたのだろう。母と年齢がほとんど同じ、五十代前半だというその看護師は、今日もタバコを吸いたい、とわがままを言い出した母を車椅子に乗せて、自分の休み時間を削ってまで近くの公園へと連れて行ってくれたらしい。

午前中の、外来患者であふれ返っている騒々しさとは対照的に、静まり返った薄暗い午後の待合室は、まるで廃船になった船の船底のようだった。

かわいそうね。

看護師のその言葉は、私に向けられた言葉のようでもあり、また、母に向けられた言葉のようでもあった。そのどちらであったとしても、そこに大きな違いはないような気がした。ふたりで、ふたりだけで生きてきた時間、そして、私たちふたりの関係が、その言葉に凝縮されていた。

「かわいそうね……」

看護師はそう言うと、哀れみでも同情でもない、自らが哀しいのだ、という類いの美しい涙をひとすじ、流した。

空を覆っていた厚い雲はいつの間にかどこかに消え去ってしまい、水平線間近の低い空に置き去りにされたかのように少しだけ残された綿のような雲の固まりは、まるで何隻も連なる小型船のようにも見える。

私は井出さんが眠ったことを確認すると、母との思い出のふたを閉じるようにカーテンを閉め直して病室を出た。

休日の病棟は静かである。

勤務室の前を通りかかった時、後ろから肩をたたかれた。

広瀬さんだった。

今日も休日出勤らしい。病棟に定数配置されている薬品の補充を終えて、薬局に戻る途中のようだった。

私たちはごく自然に、誘い合うような形で歩き出した。

廊下の突き当たりに見舞いに来た人と入院患者とが談笑するために設けられた教室の半分くらいの広さのスペースがある。海を見渡せる眺めと日当たりのよいそのスペースには、四人で座れるテーブルと椅子が五組、置かれている。日曜日の昼だというのに、今日はそのひとつが埋まっているだけだった。

私たちは、ちょうど柱の陰になった一番奥の椅子に並んで座った。正面に海が見え、その手前に見える高架になった線路の上を、黄色と青のラインが入った特急電車が水平線をなぞるようにして走ってゆく。

「私ね、字が読めないからだと思ってた」

私は走り去る電車を目で追いながら、言った。

「小学校しか出ていないから、読み書きができないって、そう言ってたんだよね。はじめて会った時」

「井出さんのことね」

「服用状況が悪いのも、薬袋の用法指示が読めないからだと思ってた」

「ま、普通、そう思うね」

「だからね、朝は山から昇る太陽、昼は空に輝く太陽、夕は三日月、寝る前は寝ている子どもも、そんなふうに絵を書いたんだ。そうしたらきちんと飲めるようになるのかなって」

「姫野さんらしいね」

「そのうち、スーパーに並んでいるサンマとイワシの値段の違いだとか、しゃべるようになって。あら、数字だけは読めるのかなって」

「そういうことも、あるのかもしれないね」

「そしたら今度はね、回覧板の内容とかもしゃべるようになって」

「ふーん」

「新聞、取ってたんだよね」

「そうだったんだ」

「本当は、字、読めたんじゃないかなって」

私は何かを振り払うかのように立ち上がった。

高架になった線路と、その先にある水平線とが、私の目の前で重なり合った。

「一生懸命やっているのに。私が井出さんのために何かをすればするほど、井出さんはそこから逃げていってしまう。まるで追いかけっこをしてるみたいだった。私が何かをすればするほど、どんどん悪い方へと進んでゆくの。もうどうしていいのかわかんなくなってた」

「きっと井出さん、姫野さんの気を引きたかったんだね」

広瀬さんも立ち上がった。

私たちふたりの視線の高さは同じくらいなので、彼女にも、高架になった線路とほぼ同じ高さにある水平線が、重なり合って見えているはずだ。

「そうなんだよね。本当に、広瀬さんの言う通り」

私は唇をかみ締める。

「でも、そのことに気付かなくて。これだけやってあげてるんだからって、どこかで相手に期待してた。誰かのために自分は何かをできるんだって、そんなふうに考えてた。私って、傲慢だよね」

井出さんに対しても、私は母の時と同じようなことを繰り返そうとしている。

自分が関わることで、他の誰かを不幸にしてしまうのではないか、という恐怖。

そしてそれは、私が向き合うすべてにおいて、そうなのかもしれない。

「何だか怖くなる。この仕事を続けてゆくことが」

それは、ずっと前から時々私を襲う感覚だった。

私にこの仕事を続けてゆく資格はあるのだろうか？　と。

ふと、広瀬さんの手に握られた、薬害イレール裁判支援の署名用紙が目に入った。

「署名活動？　裁判の支援？」

私は力のない目を彼女に向けて、訊いた。

そして、裁判という言葉を口に出した途端、あの、先週のはじめに広瀬さんから見せられた投書の文字を、再び思い出した。

――人殺しのくせに
不特定多数の人間から、指をさされて非難される、そんな感覚が私を襲った。

「私、今まで署名活動の協力なんて、やったことがなかったんだけどね」

広瀬さんが、署名用紙に視線を落として言った。

「なんか、正義の味方って顔して行動することに、ずっと違和感があってね。でもさ、今回だけは話はちょっと別なんだよね。職場をあげての行動とか、そんなんじゃあなくってさ、自分のためにやってるっていうか」

「自分のため？」

「だって、この裁判に負けたら、私たちの仕事の指標が、根本からぐらつくんだからね」

広瀬さんの言葉が、風のように私の中を素通りしてゆく。

私はいったい、何をしているのだろう？　と思う。

「自分の目の前にいる人にさえ、何もできないでいるのに……。何もできないどころか、逆に混乱させているのに」

私は何かを見失いそうである。何があってもこれだけは離すまいと決めていた何かを、見失いそうである。

「こんな私に、裁判の支援なんて……」

自分の無力を感じるより更にひどい罪悪感が、常に私には付きまとっている。

「姫野さんらしいね、そういうふうに、自分ばっかり責めてるところ」

私の心中を察してなのか、からりとした口調で広瀬さんが言った。

「私たちの仕事ってさ、これでいいんだって思ったら、かえってだめなんじゃあないかな。これでよかったのだろうかって、自問し続けていかないと、いけないのかもね。今の姫野さんみたいにさ」

窓の外に向けられた私たちの視線の先を、十五両編成の長い電車が通り過ぎてゆく。

「あれ、夜に見ると銀河鉄道みたいなんだよね」

広瀬さんが、言った。

そういえば、沢田くんも、同じことを言っていたっけ。

暗い夜空を照らす月や星の間を縫うように走る銀河鉄道。

その汽笛が、遠くの方から聞こえた気がした。


広瀬さんと別れて、みなと病院を出る。電車には乗らずにふたつ先の駅まで歩くことにした。普通に歩いてゆけば、二時間もかからないで着くだろう。

朝のうちはそこにあった陰鬱な厚い雲は、いつの間にかどこかに消え去って、ところどころに置き去りにされたかのように浮かぶ雲の隙間から、時々日の光が差し込んでくる。とは言っても、風に吹かれた雲が再び太陽を隠してしまえば、まだ昼過ぎだというのにまわりの風景は、夕方のように一転する。

何もかもが静寂を保ち、何もかもが動きを止めて、まるで、そこにあるありとあらゆるものが、そのまま化石にでもなってしまったかような、そんな光景だった。

母が死んだのも、そんな夕方だった。

真っ青なあじさいの花が満開だった、霧のような雨が降る、土曜日の夕方。


「点滴を、もう少し、早くはできませんか?」

モルヒネの入ったプラスチックの点滴ボトルから、じれったい雨だれのように一滴一滴ゆっくりと落ちる薬液の滴を見ながら、私は師長に言った。

私の目の前で、私は本当にこの人から生まれてきたのだろうか?　と疑いたくなるほどに小さくなってしまった母が、痛い痛いとうめきながら全身をよじらせていた。

見開かれた目は何かを訴えるわけでもなく、目の前にいる私のことさえも見る余裕を失くしてしまったかのように、ただうつろに寒々しい病室の空間をさまよっているだけだった。その母の姿は、まるで、わけもわからずに真っ赤な顔をしわだらけにして泣き続ける赤ん坊の姿を連想させた。

痛い痛い。

私との生活の中で「眠たい」「疲れた」このふたつの言葉以外が母の口から出てくることは

めったになかったのに。

今、母の口から連続して発せられる「痛い痛い」という言葉を聞き続けることは、私にとってこれ以上にない拷問だった。

私はもう一生、赤ん坊を凝視することはできないだろう、そんなふうにも思ってしまうほど、母のその姿は私のまぶたどころか、精神にまで焼き付けられた。

痛い痛い。

母の声。めったに聞くことのなかった、母の声。

そして、もう二度と、聞くことができなくなる母の声だった。

「点滴を、もう少し、早くはできませんか?」

私はもう一度、言った。

「これは、先生の指示だから」

自分の腕時計と落ちる滴との間に落ち着きのない視線を行ったり来たりさせながら、抑揚のない声で師長が言った。

窓の外には真っ青なあじさい。

降り続く雨は、母の涙のようだった。

静かな雨。

そんな雨の中、搾り出されるかのような母の声が次第に弱まり、見開かれていた目がゆっくりと閉じられ、弱まってゆく苦痛の塊のような声は、やがて、浅く長い呼吸へと変わっていった。

私はそんな母に、意識的に、まるで荷物でも見るかのような視線を向けていた。働き続けた母が、やっとたどり着くことができた休息の場所。

しかしそこは、何かがはじまる場所ではなく、すべてが終わる場所だった。

母の姿に、文化祭の後の校庭に置き去りにされた、紙で作った花の姿を重ねた。風にゆれる、靴で踏まれた後がはっきりと残るその紙の花の動きと母の呼吸とが重なった次の瞬間、その呼吸は、止まった。

突然に。

まさに、息の根が止まる、という言葉通りに、突然に。

「姫野さん、呼吸停止した！」

そう叫びながら、師長は転がるように病室を飛び出していった。


あの時の記憶が、あの、母の息の根が止まる瞬間のあの時の記憶が、十年たった今になっても、私の中から消えてはいかない。

そして、これからも、私はこの記憶をひとりで抱えたまま、生きてゆくのだ。

母の息の根が止まった瞬間。

私の中の、何かが止まった瞬間。

私の住み家である雑居ビルにたどり着いた時、五時を知らせる市内放送のチャイムがなった。

一階の洋品店は相変わらず客の姿どころか店主の姿さえも見あたらず、定食屋ののれんの脇に下げられた赤ちょうちんは、夕方の風に吹かれて寂しそうに揺れていた。

すべてが海の底を思わせる陰鬱の中にあるようだった。そんな中で、三階の外廊下に大家さんが叔母のためにと設置した、木製の椅子の脇にあるチューリップを連想させる灰皿だけが、なぜだろう、停電時の非常灯のような不思議な安堵感を与えてくれている。

その安堵感を抱きしめるように、私は玄関の扉を開けた。

すると、家の中の様子がいつもと違っている。壁や床の色とか窓の位置、部屋の間取りまでもが変わってしまったのではないか？　と思うほどに、何かが決定的に違っているのだ。

私はもう一度、玄関から家の中を見渡してみた。二畳ほどの台所、その奥にテレビとコタツを置いた部屋、その隣に布団を敷いた寝るためだけの部屋。

殺風景な2Kだ。何も変わってはいなかった。でも、決定的に、何かが違っている。

「芙見ちゃん、おかえり」

ガスコンロの前に、給食当番のような割烹着を着て三角巾をかぶった叔母が立っていた。手にはおたまが握られて、ガスコンロに置かれた鍋からは、春のかげろうのような湯気までもが立ち昇っていた。

「甘酒、作ったの」

鍋の中の白い液体をおたまでゆっくりとかき混ぜながら、叔母が言った。

「今日は寒かったからね。あったまるわよ」

おたまも鍋も、私がはじめて目にする代物だった。そんな湯気の立つ温かな光景の中に、叔母は立っていた。

まわりを見渡してみれば、流しの脇には水切りザルが置かれ、その中にはおわんや茶わん、そして数枚の皿までもが行儀よく並んでいる。その横に、木製の大きなまな板が立てかけてあり、壁には布巾掛けの吸盤が貼り付き、真っ白な布巾が揺れている。

炊飯器とインスタントラーメン用の小さな鍋しかなかった殺風景な台所は、かつて本で見た記憶がある「昭和初期の台所」を連想させるがごとく、ごちゃごちゃとものであふれ返っていた。

これだ。

部屋の雰囲気がまったく変わってしまったように感じた原因は、これだったんだ。

「ちょっとおばちゃん、これ何なの?」

靴も脱がないまま脱力した私はため息混じりの声をあげる。

「見たらわかるでしょ。甘酒作ってるの。お湯は沸かしていいんだったわよね。これって、セーフよね?」

居つかれてしまっては大変だ、という理由から、叔母にはお湯を沸かすことと水道をひねること以外に台所を使うことを、禁じていたのだ。

「そういうことじゃあなくって、これはどうしたのって訊いてるの。鍋とかまな板とか、お皿とか。どうしたのよ」

「ぜーんぶね、もらったのよ」

「もらった？　誰から？」

「大家さん」

叔母は大家さんの部屋の方にチラリと視線を向けて言った。

そう言われてみれば、鍋ややかんは全体的に茶色っぽくくすんでいるし、まな板は真ん中あたりが黒くなっていて、明らかに使い古されたものであることがわかる。

「長い間人生やってるとね、いろいろたまってくるんだって」

叔母はそう言いながら流しの下の扉を得意気に開けた。そこにはフライパンや土鍋、卓上コンロが納まり、洗剤やクレンザー、サラダ油や醤油までもが整然と並んでいる。そしてその横には、真っ白な布巾が何枚も重ねられ、扉の裏には、なんと包丁がふたつもぶら下がっていた。

「大家さんとこ、すごいわよ。ひとり暮らしのくせしてカツ丼作る鍋とかさ、重箱だって何組もあるし。まあ、まっとうに地に足付けて暮らしてきてあの歳にもなれば、それが普通なのかもしれないけどね」

甘酒をかき回しながら、のん気な口調で叔母が言う。

「これ、タダでもらったの？」

「いらないって言うから」

「タダでものをもらう筋合いなんて、ないでしょう」

「筋合い？　またこの子は難しいこと言い出したわねえ」

これ以上叔母と話を続ける気にもなれず、私はカバンから財布を取り出して大家さんの部屋へと向かった。他人から借りなんか作るものか、という意固地な思いからの反応なのか、あるいはおせっかいに対する本能的な拒絶なのか、呼び鈴を押す指先に自然と力がこもった。

「あら、それはお礼なのよ」

出て来た大家さんに、それ相応の代金を支払いたいと告げると、彼女はあっさりとそう言った。

「お礼って？」

「今日はマコちゃんがね、トイレとお風呂場をピカピカに磨いてくれたのよ。掃除のプロなんですって？　たいしたもんだわ」

「叔母が、そんなことを？」

「あたしは掃除が大嫌いなの。おかげでこっちは大助かりよ」

「でも、あんなにたくさん頂くわけには」

「いいのよ。うちにあっても使わないんだから」

「でも……」

「たまっちゃうのよ。捨てるわけにもいかないじゃない」

玄関先でそんなやり取りを続けていたら、叔母が甘酒の入った湯飲みを三人分のせたお盆を抱えてやって来た。

「甘酒、いかが？」

「いいわねえ。頂こうかしら」

ふたりは外廊下に置かれた椅子に、まるで遠足にでも来たかのようにはしゃいで座った。

「ほら、三人座れるんだから。芙見ちゃんも」

叔母の声を無視して、私は自分の部屋へと戻った。

「女の子のくせに、愛想がなくって。あれじゃあ将来、困るんだけどね」

「あらマコちゃん、今はもうそんな時代じゃあないわよ」

叔母と大家さんの話し声を聞きながら、私はずらっと並んだ台所用品を眺めていた。

そこには人の生活があった。今朝までの、ビジネスホテルのように整然としすぎて生活臭のまったくしなかった空間ではなくて、人が生活している痕跡をはっきりと感じ取ることができる空間が、そこに広がっていた。

そして、私には何ひとつ、作れる料理がないことに、気付く。


深夜、いつものように雑居ビルの屋上へと向かう。まるで何かの儀式のようにそこへと続く階段を上る時、なぜだろう、自然に涙があふれてくる。そう、叔母が突然やって来た、一週間前の、あの日から。

私を救ってほしい、と願っている。

しかし、何から救われたいのかが、わからない。

それはまるで、目を凝らせば凝らすほど、遠ざかってゆくのか近付いてくるのかわからなくなる闇の中で見る人影のようだった。

屋上の真ん中に立ち、私は夜空を見上げた。

月のない夜空。

深い深い、青。

私の視線はどこにたどり着いているのか？

いや、どこにもたどり着くこともなく、ただただ空間をさまよっているのだろう。

この世界で生きる、私のように。

「芙見ちゃん」

声というより気配だった。いや、気配というより、冬と春の境目に吹く風のような、暖かな感覚だった。

叔母だった。

急いで羽織ってきたのだろう、黒いコートのボタンは掛け違えていたし、黒い帽子は前と後ろが逆のようだった。黒ずくめで立つ叔母は、月の光の差さない屋上の暗さと、その背景にある深い井戸のような暗闇との中に同化してしまいそうだった。

「夜な夜な出て行くと思ったら、こんな所にいたのねえ」

叔母が周囲を見渡しながら近付いてくる。

「すごい眺め。山の上みたい」

叔母の体温を感じる。

「おばちゃん……」

立ち尽くす私の横に、叔母がいた。

今まで、たったひとりで立ち続けた月の舞台。

その上に、今、私と叔母が、立っている。

深呼吸をした後、闇を見つめて私は言った。

「おばちゃん、私ね、見ちゃったの。お母さんが死ぬ瞬間」

誰にも話すつもりなんか、なかった。話そうと思える人なんか、いなかった。話そうと思える人が、この世界に存在するなんて、期待をしたことすら、なかった。

あの、母が死ぬ瞬間の記憶。

真っ青なあじさいが満開だった日。まるで、息の根が止まるかのように、突然に呼吸を止めた、母が死ぬ瞬間の、記憶。

いつか、私の命が尽きるその日まで、ひとりで抱え続けてゆくのだと決めた、母が死ぬ瞬間の、記憶。

その、私だけが持つ記憶が今、こうして、夜の闇の中で言葉になろうとしている。

「おばちゃん、私、見ちゃったの」

暗闇と静寂。

私が毎晩、その深い深い青の空間に一体化すべく、そして、かなうのであれば、その暗闇と静寂に押し潰されて、身体も精神もこっぱみじんにその存在を消してしまいたい、とさえ願った夜の屋上。光の当たらない月の表面のような、夜の屋上。

私だけの、月の舞台。

それはおそらく、無へとつながる空間だった。

無へとつながることを、心のどこかで期待していた。

しかし今、そこに自分以外の誰か、そう、叔母の存在を感じた時、月の舞台がただ無へとつながる空間ではなく、この私という存在を無条件で受け入れ、そして、癒やしさえ与えてくれる母親の羊水のようにも、思えた。

今だ。

そう、私は今、語るべきなのだ。

あの、青の記憶を。

「見ちゃったの、お母さんが死ぬ瞬間」

動悸がする。声がまるで、強風に吹かれているかのように、不安定に揺れる。

「息の根が止まる、そんなふうに、突然、息しなくなって」

涙があふれ出し、呼吸が全力疾走の後のように激しくなる。

「見ちゃったのよ！」

私はその場にしゃがみ込み、冷たいコンクリートに手を付いて、闇の中で激しく泣いた。

「見ちゃったのよ！」

もうこれは、私ひとりの記憶ではない。この瞬間から、この記憶はふたつに割れて、叔母と共有され、そして、淡く薄まってゆくのだ。

「つらかったね」

私の横で、叔母が言った。

「つらかったね。芙見ちゃん」

そっと目を開けた私の視界に見える無数の光。

月は出ていない暗い夜の中、私のまわりは叔母の発した言葉の余韻であふれ、それは、やさしい光となって、私をそっと、照らしてくれた。

第九章　母のミシン

週明けの月曜日。

午後は実習生を連れて患者さんの家に訪問に行く予定になっている。薬学部が六年制になってから、五年次には病院、薬局と、それぞれ十一週間、約二カ月半の実務実習が義務付けられるようになった。

実習は、五月、九月、一月から、と三期に渡って行なわれ、学生はその期間の間、一回を病院、一回を薬局、というふうに実習をすることになる。今はその、三期目の実習期間に当たる。

私はドアの所に薬局の名前の入った白い軽自動車を無言のままに走らせている。助手席に座る実習生も、緊張のためか、言葉を発することはない。

運転免許は仕事をはじめて三年目に取得した。しかし仕事以外ではまったく運転はしないので、ほとんどペーパードライバーに近い。トラックなどの大型車で混雑する国道を抜け、両脇に竹ぼうきを逆さまにして立てたような、葉を落としたけやき並木が続く道を通り過ぎると、車は最初の目的地に到着した。

箱のような建物が並ぶ公団住宅の一室が、今日の一件目の訪問先である。コンクリートの匂いがうっすらと漂うこの団地は、おそらく四十年以上前に建てられたものだろう。その頃、働き盛りで入居した人たちはほぼいっせいに高齢化し、介護が必要な世代になっている。玄関の呼び鈴を押すと、トレーナー姿の息子さんが出迎えてくれた。

実習生を連れて行くことは事前の電話で了承を得てはいたが、玄関先で再度、息子さんに実習生を紹介した。

「今日はおふくろ、どういうわけか、朝から出かけるってきかないんですよ。デイサービスの日でもないのに」

六十歳を過ぎている息子さんが、笑っているようにも泣いているようにも見える複雑な表情で言った。

「そうですか」

私はいつものように、玄関を上がってすぐの部屋へと向かった。

「北野さん、こんにちは。今日は寒いですね」

介護用ベッドに座る北野さんに向かって言う。もう数え切れないほど行っている訪問先での挨拶なのに、いつまでたっても学芸会の台詞のようだ、と自分でもあきれてしまう。

午後の日差しは二ＤＫの間取りのこの部屋いっぱいに降りそそぎ、旧式の石油ストーブの上に置かれたやかんからは、晴れた日の空に浮かぶ薄い雲のような湯気が立ち昇っている。部屋に入った直後は眼鏡が曇るほどに暖かいのだが、私はあえて「寒い」という言葉を強調した。

北野さんは室内の歩行が何とかできる程度で、週二回デイサービスに行く日以外はほぼ一日、ベッドの上での生活である。認知症もあり、もちろんひとりで外出することなどできない。

「今日はね、出かける用事があってね。どうしても行かなきゃいけないんですよ」

息子さんが見せた複雑な表情が頭をよぎる。彼女の無邪気な子どものような笑顔は、何となく私を哀しくさせた。

「今日はね、行く所があってね」

ベッドの向かい側にあるタンスから自分で出したのか、パジャマの上によそ行きと思われる薄い紫色のカーディガンを羽織った北野さんが、柵に手をかけてベッドから降りようとする。

「私の手、冷たいでしょう？」

柵にかけられた彼女の手に、私は自分の手を反射的にのせた。

「今日はね、外はとても寒いんですよ。風も強いし。こんな日は家にいた方がいいですよ」

私は自分の冷たい手で、北野さんの手を包み込んだ。練ったうどん粉のような感触の、柔らかい手だった。

「出かけるのはもう少し暖かくなってからにしましょう」

そう言いながら、私は彼女の手を擦り続ける。ベランダに干された洗濯物が、回転しそうなほどの勢いで、舞い上がった。

「じゃあ、今日はやめておこうかしら」

「それがいいですね」

私は薬の服用状況の点検に取り掛かる。二週間前に二週間分セットしておいた薬はきれいになくなっていた。

「ちゃんと飲めていますね」

私は次に、狭心症発作時の舌下錠として保管してあるニトログリセリンの錠剤の数を確認する。前回と変わらず五錠あった。

「今はもう胸が痛くなることはほとんどないんですよ」

息子さんが言う。

定期内服薬の服用状況が悪い時にはニトロを頻繁に服用していたことを思えば、薬を一回分ずつ分包し、さらにケースにセットするという方法で服薬に関わる家族の手間を省いたことが服用状況を改善し、その結果、発作の減少につながったものと思われる。

「カプセルが喉に引っかかることはないですか？」

聴力が弱い北野さんの耳元でそう言うと、彼女は私の目をじっと見ながら「ありません」と言って笑った。

「おふくろは薬を飲むの、得意なんですよ」

傍らの息子さんが言った。

薬の錠数は一番多い朝の時点で五種類あった。そのうちひとつはカプセルで、食道に停滞してしまうと潰瘍を引き起こすおそれがある。私はそのことについて触れてから、多めに水を飲むこと、最後に口の中に薬は残っていないか確認してほしいことを息子さんに話した。

「では、再来週、また来ます」

二週間の薬のセットを終えると、私はそこを後にする。

軽自動車に乗り込むと、私は北野さんの薬歴を見せながら、助手席に座る実習生に今のやりとりについて説明した。事前に介護度や病状、服用薬の説明はしてあるが、実際ベッドサイドに行って現場を見てもらった後に再度説明を加えれば、理解は一層深くなる。

実習生の目の中に、何かを発見したかのような輝きを見たほんの一瞬、私はこの仕事を選んでよかった、と心から思う。

冬の日は短い。

まだ三時を過ぎたばかりだというのに夕方みたいに見える冬の日差しの中、私は次の訪問先へと車を走らせる。

週明けにしては珍しく、静かに一日の仕事が終わろうとしていた。タイムカードを押したちょうどその時、薬局の電話がなった。

後輩の野田さんだった。明日予定されている新薬委員会の報告資料を作成するにあたり、その書式についての確認の電話だった。

「あの、野田さん」

用件が済んで電話を切る間際、突然に私は切り出した。

「あのね、ちょっと教えて欲しいことがあるんだけど……」

「何ですか?」

高音のよく通る声が受話器から聞こえてくる。会議などで広瀬さんとやり合う場面になると常に攻撃的に聞こえてしまうその声も、個人的に話をする時には聞き分けのよい子どものような、聡明な印象へと変わる。

「仕事とはまったく関係ないことなんだけど、いいかな」

「私にわかることでしたら」

「簡単に作れる料理を教えてほしいんだ」

私は区切りを付けずに一気に言った。仕事とはまったく関係のないプライベートなことを広瀬さん以外の人と話すなんて、はじめてだった。

「簡単に作れる料理をね、ちょっと教えてほしいんだ」

特に動じることなく言葉のままを受け止めている野田さんの冷静な表情が頭に浮かぶ。

「姫野さん。どうしたんですかあ、突然」

予想に反し、実際に聞こえてきたのはにこやかに笑う彼女の表情が容易に想像できてしまうような、朗らかな口調だった。

「もしかして、彼氏でもできたんですかあ?」

「いや、そんなんじゃないけど」

「今まで私がいくら夕食に誘っても、まったくのってこなかったじゃあないですかあ」

聡明な子どもの声が、好奇心にあふれた子どもの声へと変わる。

「まあ、そうなんだけど……」

年末まで私の住み家だった借り上げアパート式の職員寮では、私と野田さんは、階数こそ違ったけれど、同じ建物に住んでいた。食事を一緒に食べないか？　と何度か誘われたことがある。しかし、他人と一緒に食事をする、という経験を持たない私には、どうしてもそのイメージをつかむことができなかった。それをする勇気を持てないまま、いつも何かと理由を付けて断っていた。イメージすることができないものは、私の中では恐怖の対象ですらあったのだ。

「わかりました。私もよく作る、一番簡単でそこそこにおいしい料理をひとつ、教えますから」

一見冷たい印象を与えるその外見のその奥に、世話好きな一面を持ち合わせてもいる野田さんらしい返事が返ってきた。

「ありがとう。ちょっと待ってね、今、メモの用意を……」

「メモなんていらないですよ。ほんとに簡単なんですから」

「でも……」

「適当な量の豚肉とオクラを適当な大きさに切って、油で炒めて塩コショウで味付けしてでき上がり」

抑揚のまったくない口調が、一気に耳元を駆け抜ける。

「それだけで、いいの？」

私は言った。

「そうです、それだけ。にんにくを入れると一層おいしいです。夏はオクラのかわりにゴーヤでもいいですよ。私は帰りが遅くなった時は大抵それですね」

「ありがとう。早速今日、作ってみるね」

「今度、遊びに行かせてくださいよ。姫野さんの新しい家」

野田さんの、どこか甘えたような声に、そのうちとか、そうだね、という曖昧な返事をして、その話が具体的になってしまわないうちに電話を切った。

帰りにスーパーに寄って、豚肉とオクラとにんにくと塩とコショウを買って帰る。

昨日、叔母が大家さんの家の掃除をしたお礼にと、大家さんから鍋やまな板、包丁など、台所用品をほぼ一式もらったにも関わらず、昨日の夕食はごはんとインスタントラーメン、それだけだった。叔母は今日も、水道をひねることとお湯を沸かすこと以外には台所は使わないように、という私の言いつけを律義に守っていることだろう。

台所、好きに使っていいよ。

そう言えてしまえればどんなにいいだろう？

その一言を口にすることが、どうしてもできないでいる。

私は何をおそれているのだろうか？

他人を受け入れることは自分が傷付く入り口であり、だから他人を拒絶することでしか自分を守ることはできないのだ、と信じている。そういう思考が、自分の中にあるような気がする。ずっと昔から、私の中にあるような気がする。誰かに教わったわけでも何かの本に書いてあったわけでもなく、これまでの生活の中から身に付けた、というか、身に付いてしまった思考だ。

自分の心の中がはっきりとわからないまま、とにかく今日は何とかして一品でもいいから自分の作った料理を叔母と食べなければ、と思っている自分がいる。それは決して義務とか義理とか、まして脅迫観念などでは決してなくて、叔母のために何かをしてあげたい、そんな思いが私の中に生まれつつあったのだ。その思いはまるで、七夕様の時、笹の葉に結んだ短冊のようにチラチラと動き、私はそれを不思議な気持ちで眺めている。

そんな思いとともに、食材で膨らんだスーパーの袋をぶら下げて、私は月がまだその姿を現さない夜空の下を、家に向かって歩いてゆく。

叔母の待つ、家に向かって。


「つらかったね。芙見ちゃん」

昨夜、月の舞台のような屋上で、母の死ぬ瞬間の記憶を言葉にできた。

「つらかったね。芙見ちゃん」

叔母はそう言って、私の髪をやさしくなで続けてくれた。深い闇の中で、私たちは同じ思いを共有し、同じことを感じ、そして、同じ力で支え合っていた。

「お母さんが死んだの、私のせいかもね……」

泣き疲れて脱力した私は、叔母の貧弱な肩にもたれかかったまま、言った。

「お母さんが死んだの、私のせいかもね」

それは、私がずっと、考え続けてきたことだった。そしてこの瞬間から、この思いは叔母と共有される。

「私のせい……」

膨張したかのような喉から発せられるその声は、自分のものではないみたいだった。

「偉かったね、芙見ちゃんは」

そっと開いた視線の先に、霞がかかったような夜空が広がる。月はまだ出ていないのに、なぜか明るい夜だった。

「偉かったね……」

叔母はそう言って、私の髪をなで続ける。

「ありがとうね。義姉さんのこと、看病してくれて……」

私の視界はどんどんぼやけ、目にあふれる涙に周囲のかすかな光が反射するのか、白い幕が降りてきたかのように私の視界はやさしい光で満たされていった。

玄関を開けて中に入るとタバコの匂いが漂っている。それは確実にひとつの生活の匂いでもあった。人が寝て起きて食べて、テレビを見て、洗濯物を畳んで料理をして。そういう行動の軌跡として残る、生活の匂いだった。タバコの匂いは複雑に入り混じったそれらの匂いの中のひとつだ。と同時に、確実に感じる叔母の気配だった。タバコの匂いに逆上していた数日前の自分を思うと、自然に苦笑いがこぼれてきた。

奥の部屋から軽やかで心地良い音が聞こえてくる。遠い過去から聞こえてくるような、懐かしい響きだった。叔母がコタツの上に置かれたミシンで何かを縫っていた。

「どうしたの？　そのミシン」

見覚えのない真っ白なミシンだった。家にあった母のミシンは、もう少し茶色っぽかった気がする。

「大家さんから借りたのよ」

叔母はミシンを踏み続ける。

そのリズミカルな音は、どこかの山あいの、のどかな風景の中を走る電車を連想させた。

「芙見ちゃん、ミシンあったでしょう。義姉さんの。それ、どこしまってあるの？」

縫い目から目をそらすことなく、叔母が言った。

「捨てた」

独り言をつぶやくように、私は言った。

母が死んですぐ、住んでいた市営住宅の取り壊しのため職員寮に引っ越した時、ミシンも裁縫箱も処分してしまったのだ。

母の死。

そして、取り残された自分。取り残された自分にまとわりつく、過去の記憶。

その時私が望んでいたことは、何かを得たいということではなくて、何もかもを捨ててしまいたい、ということだった。

母が死に、火葬場の煙突から立ち昇る煙を眺めながら、私は今まで自分のまわりで起こった嫌な出来事のすべてが、あの煙とともに消えてくれるよう、願っていたのだ。

そうだ。私が本当に捨てたかったものは、ミシンや裁縫箱ではなく、宿命、というものだったのかもしれない。

「捨てたんだよ」

もう一度、私は言った。

しかし実際、私は何も捨てることはできなかった。ミシンも裁縫箱も捨てたというのに、それでも肝心なものは何ひとつ、捨てることなんて、できなかった。過去の記憶も宿命も、私が本当に捨て去りたかったものは、何ひとつとして、捨てることなんて、できなかったのだ。

「捨てたんだよ」

私はもう一度、今度はもう少し、乱暴な口調で言った。

私は腹を立てていたのだ。捨ててしまったという自分の行為に。そういう行為に至った自分の弱さに。そうするしかなかったその時の自分の境遇に。そして、腹を立てたその先には、いつまでたっても消えてはくれない残雪のような、後悔の気持ちだけが、残った。

「捨てちゃったもんは、しょうがないわね」

叔母の、いつもと変わらないあっけらかんとした口調が、私の後悔をやさしく降り積もる雪のように包んでくれた。

「ごめん……」

それだけ言って、視線のやり場に困った私は部屋の中を見渡してみた。カーテンが、真冬の夜空みたいな深い青に変わっている。そこにはやわらかな輪郭の三日月と星の模様が散りばめられていた。

「おばちゃんが縫ったの？」

私は訊いた。

「だてに縫製工場に十年も勤めちゃいないわよ」

「縫ってくれたんだ……」

私はそれを、手に取ってみた。深い青は、夜空のように私の心を落ちつかせてくれる。

「布団カバーも縫ってるから」

一昨日買った羽毛布団に付けるため、押入れから引っ張り出した布団カバーは、いったいいつ買ったものなのだろうか？

そういえば、あれだけすべてを捨てたいと願いながら、私はどうして布団カバーを捨てることなくとっておいたのだろう。

「醬油で煮しめたような色だわね。せっかくの羽毛布団があれじゃあ台無し」

「もともとそういう色だったんじゃないの？」

確信も根拠もないままに、私は答える。

「あれはあたしが縫ったのよ。はじめはあんな色じゃなかったはずよ」

あの煮しめたような色合いは、母が今の叔母同様、毎日のように吸っていた、タバコのヤニの色だろうか？　生活臭とともに家の中に漂っていたタバコのヤニが、長い時間をかけて染み付いたのかもしれない。

「あれ作ったの、もう三十年以上も前だからね。芙見ちゃんが生まれた頃だから」

叔母は布団に目をやった。

「ま、こんなになっても大事にとっといてもらったんだから、あたしも作ったかいがあったってもんよ」

叔母は再びミシンに向かう。

のどかな山あいを走る電車のような音が、静かな空間に漂っている。その単調な音を聞いていたら、消えかけていた記憶の断片が、浮かび上がってきた。

音だけの、記憶だった。

のどかな山あいを走る電車のような、ミシンの音。

幼い頃、会話のない母との暮らしの中、こんな音が、いつも部屋の中に漂っていたような気がする。

会話のない、母親と娘。

いや、会話どころか、通い合った何かさえない、母親と娘。

そんな母と私をつなぐ一本の糸のような線路の上を電車は走り、母はしっかりとそれを刻んでいたのだろうか。

時には雨だれの音とともに。

時には風が窓ガラスをたたく音とともに。

そして、時には雪の気配とともに。

お母さん。

私の視線は音の波に乗って、ごく自然にミシンを踏んでいる叔母の首に巻かれたマフラーへと吸い寄せられていった。真冬の夜空に浮かぶ満月のような、真っ白な色のマフラーだった。

そして、病気になってからの母の姿が現れた。もう十年がたとうとしているというのに、私の記憶の中に存在する病気の母は、相変わらず痛々しい姿をさらし、その体温さえ感じるほどに鮮明なまま、決して薄れてゆくことはない。そして、その体温を残したまま、母の残像は、昨日見舞った井出さんの姿へと変わっていった。

母と同じように、苦痛に顔をゆがめ、眉間に深いしわを刻んだまま病室のベッドに横たわる、井出さんの姿に。

昔から、いろいろなことを割り切ることには慣れていた。しかし、呼び起こされた母の記憶と重なるのか、今日は仕事をしながら一日中、井出さんのことが頭から離れなかった。昨日、井出さんを見舞った時のことが、頭から離れなかった。いや、見舞った、というひとつの出来事ではなく、昨年の四月から九カ月間に渡る井出さんとの関わりが、まるで次々にその場面が変わる紙芝居のように、私の頭に浮かんできては消えてゆくのだった。そして、紙芝居の最後の場面は、お見舞いに行った昨日の午後、窓際のベッドに横たわったまま「姫野さんかい？」と私に向かってうつろな視線を向けた時の、井出さんの寂しげな襟元だった。

そんな襟元を、ずっと前にも見たことがある。その記憶に近付いてゆくと、息苦しくなるほどの圧迫感とともに、吸い込まれるような焦燥感が襲ってきた。

その記憶は、病気の母の記憶だった。

ある冬の日、母の、寂しげというより寒そうな襟元が気になって、私は自分が使っていたマフラーを貸したことがある。確か駅の露店で五百円くらいで買った、ザラザラとした手触りの安物のマフラーだった。それなのに、母は子どものように喜んで、細い首に巻き付けて満足げな弱々しい笑みを浮かべていたっけ。

叔母の首に巻かれたマフラーの白さが私の視界の中で、にじんだ絵具のようにかすんでゆく。

「おばちゃん、そのマフラー」

「マフラーが、どうかした？」

「手作りだよね、それ」

「もちろん」

「私に、作り方、教えて」

井出さんにマフラーを編んであげよう。

突然湧き起こったこの思いは親切心でも同情でもない。私自身のためだった。私自身の過去への償いのためだった。

あの、安物のマフラーを巻いて弱々しい笑みを浮かべていた母を、すべての感情を振り切って平然と視界の中に収めていた私自身の残酷さへの、償いなのだ。そして、それをすることによって、私は自らが救済されることを、願っている。

「私にも、編める？」

「どういう風の吹き回し？　芙見ちゃん、仕事仕事でほとんど家にいないじゃない」

「編みたいの。私にも編める？」

「こんなの簡単。私が教えれば誰だって二時間あればできるようになるって」


「八時までやっているから」

叔母はそう言って、早速駅前の百円ショップに毛糸の買い出しに出かけて行った。私もさっき電話で野田さんから教わった料理を作ってみることにした。

フライパンで何かを炒める、という行為を最後にやったのがいったいいつのことなのか、思い出すことができない。そんな記憶がそもそも私の中にあったのかどうか、それさえもあやしいものだ。しかし人間には本能のようにそういう能力が備わっているようだ。かすかにわかる塩気だけを頼りに味付けをして、大家さんにもらった置物としても充分その役目を果たせそうな豪華な大皿に盛り付けると、見た目はなかなか立派な料理になった。湯気の立ったそれをコタツの中心に置くと、今まで単なるコタツだったそこが、一瞬にして食卓へと変わった。ちょうどごはんが炊き上がるタイミングを見計らったかのように、叔母が二本のかぎ針と五玉の毛糸を買って帰って来た。

「ちょっと食べてみてよ」

塩加減に自信がなかったのだが、私の作った料理を叔母は大げさなくらいにおいしいおいしいと連呼して口に運び続けていた。私にとってははじめての体験となるオクラの食感と、かすかに感じる塩味を味わいながら、私は疲れるくらいに何度もそれをかみしめていた。かみしめながら、素朴な満足感を感じていた。

私が作った料理を叔母とふたりで囲む食卓。ささやかな日常の中で、誰かのために何かをするということを、私はずっと、忘れていた。

いや、知らなかったのだ。

「これ、誰に教わったの？」

叔母が訊いてきた。

「職場の後輩」

「いい後輩、持ったわね」

明日は何を作ろうか？

そう考えた時、高揚していた気持ちに突然ブレーキがかかった。その理由は、自分には他に作れる料理が何ひとつとしてないのだ、という事実だった。

「私さ、料理、他に何も作れないんだよね」

私は言った。何かに腹を立てていることが、自分でもわかった。聞いたこともない歌を歌えないように、食べたこともない料理をどうして作ることなどできようか？

母とふたりの食事の風景を思い出す。

テーブルの中心には茶碗の倍くらいはありそうな巨大な灰皿が陣取り、そこからは、敵の襲来を告げる不吉なのろしのようなタバコの煙が止むことなく立ち昇っていた。そんな食卓に上るものといったらお湯で温めるだけのハンバーグや魚の缶詰、総菜のコロッケ、そういうものばかりだった。母は決まって瓶ビールと焼酎を飲み、何日かに一回は生のレバーを食べていた。

「疲れを取るにはこれが一番」

母のその言葉の信憑性はあやしいものだったが、母自身はそれがどんなにバランスのとれた食事にも勝る食べ物だと本気で信じているようだった。白い皿に盛られた生レバーは、私に掃除の時間に見る、生理用ナプキンにへばり付いた経血の塊を連想させ、それがテーブルに置かれ視界に入るだけでも私は食事をすることができなくなった。そんな日々の中、私は食事という行為自体が苦痛になっていった。

「料理なんて、できないんだよ」

私はもう一度、叔母に言った。怒りの矛先が存在したことに感謝する。

「ま、そりゃそうだわね」

私の怒りなど想像することもできないのか、いつもの能天気な口調で叔母が言う。

「料理ってのはね、食べさせる相手がいないとね、作る気にならないってもんなのよ」

叔母がタバコに火をつける。

「あたしだって同じ。ばーちゃんが死んでからまともなもん、作ってないのよ」

「そうじゃない。そんなんじゃないのよ」

私は言った。

「聞いたことがない歌は歌えないでしょ。それと同じ」

「あんたはいつもそうやってまどろっこしいことばっかり言うわね。いったいどういうことよ」

「お母さんはね、私に料理を作ってくれたことなんて、ないの」

灰皿に置かれたタバコから、糸のような煙が立ち昇る。

「自分はお酒ばかり飲んで」

叔母は静かにタバコを消した。

「お酒ばかり、飲んで」

疲れというものは、たまり過ぎれば逆に睡眠を妨げてしまうものなのだということに、すでに私は気が付いている。母が毎晩欠かすことなくアルコールを摂取していたのも、一時半起床に備えて疲れ過ぎた身体を一刻も早く睡眠へと導くための手段だったのだろうということも、今の私はちゃんと理解している。

そう、わかっているのに。

その当時の母のつらさも苦しさも、ちゃんと、わかっているのに。

それでも私は時々、もういない母のことをめちゃめちゃに責め立てたい気分になる。母を的にして、私の中に湧き起こる得体のしれない怒りをぶつけたくなる。

「ろくにごはんも作らないで」

わかっているのに。

あの時の母の気持ちを、ちゃんと、わかっているのに。

「そういう豪快さが、義姉さんのいいところよ」

叔母は食後二本目のタバコに火をつけた。

「芙見ちゃんだって、ちゃんとわかってるんだもんね」

「……」

「わかってるんでしょ。本当は」

叔母の言葉を背中に受けて、私は食器を台所へと片付ける。

「マフラー、教えようか？」

普段と同じ調子の叔母の声。

「今日は、いい」

私はジェットコースターにでも乗っているかのように激しく浮き沈みする自分の感情を、うまくコントロールすることができないでいた。感情を押し殺すことには慣れているのだが、それが一旦浮上してしまえば自分ではもうどうすることもできないのだ。今もそんな思いの中で、わざとガチャガチャ音をたてて乱暴に食器を洗っている。

「ただ黙ってばっかりいられるより、よっぽど扱いやすいわ」

叔母が言った。

深夜、月の光の差さない舞台の上に立つ。

ミシンを買おうか？

突然に、そんな思いが湧いてきた。

捨ててしまった、母のミシン。

狭い家の中に響く母がミシンを踏む音は、会話のなかったこの家で、唯一母が作り出す音であり、そして、この家に響く唯一の音だったというのに。

暗闇と静寂の中で、その音の記憶が、冷たい空気の中で見る夜景のように、くっきりと私の中に刻み込まれてゆく。

その夜、叔母の踏むミシンの音を布団の中で聞きながら、何年ぶりかで心地良い眠りにつこうとしていた。叔母の吸うタバコの匂いがもれてきた。

懐かしい匂い。

そして、懐かしい記憶。

お母さん。

月の表面に立ち続けていたかのようなこの十年間。獲得すべき何かを獲得することもなく、捨て去りたかった何かを捨て去ることもできないままに、私はこの十年間を生きてきたのだ。

お母さん。

私はやはり、ひとりで生きてゆくことはできません。

叔母の踏むミシンの音が聞こえる。

私と母をつないでいた音。

そして今、私と叔母とをつないでいる音。


私は小さな一両きりの電車に乗っていた。空の青と木々の緑を映した澄んだ川が流れる渓谷沿いを、その電車はゆっくりと走っていた。窓から手を伸ばせばその水面にさえ手が届きそうで、頬をなでる風を感じながら、私は水面に触れようと必死になって手を伸ばしていた。

夢はそこで、終わった。

夢の記憶が光の残像のように少しずつ消えてゆく中で、水面に触れようと手を伸ばしたその記憶だけが、いつまでたっても消えてはいかなかった。

何かをつかむために手を伸ばす、という感覚。私の中に芽生えた新しい感覚にとまどいながら、私はカーテンの隙間から見える半月を見つめていた。

第十章　仲間たち

みなと病院四階会議室。

火曜日の午後。今日ここで、隔月で開催される新薬委員会が行なわれていた。参加メンバーは、薬剤師五名と実習生三名の計八名。ふたつの机を合わせ、それぞれの顔が見えるように四名ずつ向かい合うような配置で座っている。

私の席からは、窓ガラス越しに冬の風景が見える。夕方の日差しは遠くに連なる建物や、葉を落として枝だけになった街路樹や、高架になった線路の上を滑るように走ってゆく電車、そういうもの、すべての輪郭を、まるで万年筆でなぞったかのように、くっきりと浮かび上がらせていた。

新薬委員会とは、新しく薬価収載され発売になった新薬を、主に同じような薬効を持つ既存の薬を対照薬として、有効性、安全性、経済性などの面から分析、比較検討し、総合的な評価を出す、そういう委員会だ。その評価資料がグループ内での薬の採用を決定する採用委員会の資料としても活用される。そういう点で、新薬委員会は採用委員会の下部組織的な位置付けにある、とも言える。

今日は一年半前に発売され、その時も一度検討した睡眠導入薬の再評価が議題である。

「現在、睡眠導入薬として臨床でもっとも多く使用されているベンゾジアゼピン系薬剤がGABA受容体を介するのに対して、一三六はそれとはまったく違う作用機序を持っています」

正式採用薬になるまでは、このような会議の席では薬は商品名でも一般名でもなく、それに付けられたこのグループ独自の通し番号で呼ぶ決まりになっている。

「では、どういうふうに作用するのかというと、睡眠に深く関わっていると言われているメラトニンと類似の働きをすることにより、自然な睡眠に導く、というわけです」

今回の委員会は実習生も参加しているためか、司会兼報告者でもある沢田くんの報告は、いつものゆっくりとした口調に加え、さらに手元に用意された自作の資料も、患者学習会向けと言っても通用するくらいにわかりやすく仕上がっていて、まだ薬剤師の資格を持たない実習生でも十分理解できる内容になっていた。

「米国ではすでに二〇〇五年から使われていますが、欧州では申請が却下されたという経過もあります。メーカーの市販直後調査はすでに終了していますが、引き続き有効性の評価はもちろん、安全性の評価はより慎重に行ってゆくべきと考えます」

その後、会議は各院所からの使用状況報告へと移っていった。グループ内でのこの薬の扱いは、まだ試用、いわゆる試し使いの段階である。医師は、薬剤師が作成した使用基準に該当する範囲内であれば処方することは可能だが、処方の際には患者ごとに採用申請書を書いて薬局に提出する決まりになっている。そして試用期間中は有効性と安全性、つまり効果と副作用を追跡調査し、そしてそれらの結果に基づいて、新薬委員会としての最終的な結論を出すのだ。

「野田さんの所が突出して症例数が多いわね。心療内科のあるうちや沢田くんの所より多いけど、何か特別な事情でもあるの？」

火ぶたを切ったのは広瀬さんだ。保険薬局の代表として参加している私は四カ所の薬局の使用状況をまとめて持ってきていたが、そのうち二カ所が使用なし、使用した他の二カ所の薬局の症例数も、いずれも一例ずつだった。病院においては心療内科のある広瀬さんや沢田くんの病院でさえも数例の使用にとどまっているのに対し、野田さんの所は十症例に迫っている。

「症例を見ると、ベンゾジアゼピン系からの変更が症例の半分を超えているけど、これは使用基準から外れた使い方よね。メーカーもそういう使い方は奨励してはいない。使っていたベンゾジアゼピン系薬剤は比較的高力価のものが多いようだけど、中止による反跳性不眠は考慮しなかったの？」

私のちょうど向かい側に座っている広瀬さんは、手元の資料から目を離さないまま言った。フチなし眼鏡の奥で、鋭い目が光っている。彼女は上に対しても下に対しても、いつも遠慮や配慮のないものの言い方をする。上にこびることもしなければ、下の機嫌を取ることも決してしない。その点は潔いと言えなくもないのだが、その、何を言っても高圧的に聞こえてしまう口調に泣かされた後輩も多い。しかしその内容にはするどい視点と的確な指摘を含んでいることは明らかであるため、後輩たちからは圧倒的な支持と信頼を獲得している。とは言うものの、広瀬さんのそういう物言いに普段から慣れている私たちでさえ、毎回ある種の緊張感を感じるのだから、はじめて参加する三人の実習生たちにとって、今の状況は針のむしろに近いだろう。

「今日は実習生も参加されていますからね。反跳性不眠について、誰か説明を……」

私の横に座る司会を兼ねている沢田くんが言った。歌舞伎役者のような整った顔立ちに浮かべるやわらかな笑みに、その場の緊張が少しだけほぐれていった。

「実習生に一番年齢が近い奥村さん、ちょっと説明してもらえますか?」

沢田くんが奥村さんを指名した。

入職三年目の彼女は、この委員会には研修の一貫として参加していた。私から見て対角線上に座っている彼女の表情に、かすかに緊張の影がうかがえた。

「はい。ベンゾジアゼピン系を長期にわたって連用していると、依存と耐性が形成されてくることがあります。依存には身体的依存と精神的依存がありますが、ベンゾジアゼピン系ではどちらの依存も起こります。依存とは、それに頼ってしまうこと。精神的にも身体的にも薬に頼らずにはいられない、飲まずにはいられない、という状態です。耐性とは、身体がその薬に対して抵抗性を持ってしまうこと。言い換えれば身体が薬に慣れしまう、という状態です。その点で、身体的依存と耐性は同じ症状を指しているとも言えます」

ここで、奥村さんは一度顔を上げ、参加者の表情を一通り眺めた後、再び視線を落として続けた。

「もちろんこれには個人差がありますが、依存や耐性が形成されてしまっている症例では、ベンゾジアゼピン系薬剤を突然中止してしまった場合、それまでよりも強い不眠が起こる可能性が指摘されています。これが反跳性不眠です」

教科書の丸暗記ではなく、自分の知識と仕事での経験を元にしてうまくまとめた発言だった。三人の実習生たちからいっせいに驚きと尊敬が入り混じったようなざわめきが起こる。

「はい、百二十点ね」

沢田くんのこんなユーモアをはじめて聞いた。そしてそれは逆に、これから起こるかもしれない波乱を予感させもした。しかし沢田くんの三日月のような目は、たとえそれが一瞬であろうとも、確実にその場の雰囲気を和らげるには十分である。

「で、野田さん、どうなの？」

予想通り、広瀬さんの容赦のない質問に、その場は再び緊張感に包まれた。

「反跳性不眠については考慮しなかったの？」

私の前に座る広瀬さんの視線が、その対角線上に座る野田さんをしっかりと射止めている。

野田さんと私は同じ列の端と端に座っているので、私の位置からは彼女の表情をうかがい知ることはできない。しかし、いつもは相手が誰であろうとよく通る高音の声を武器のように使って攻撃的にものを言う彼女が、今、何も言えずに黙り込んでいるところを見ると、彼女なりに混乱しているのだろう、ということは、容易に察することができる。

彼女は昨日の業務終了後になって、私の職場に今日の会議で提出する報告用紙の書式について、質問の電話をかけてきた。このような会議で使用するための資料作りは、原則として業務扱いとはならない。ただ、職場の状況によっては勤務に組んでもらえる時もあり、慣例として大抵の場合はそのような配慮がなされている。野田さんの上司である矢部薬局長は薬害裁判がらみで忙しいのか、今回に関してはそういう配慮がなかったようだ。

おそらく野田さんは、昨日の仕事を終えてから、資料作りに取りかかったのだろう。時間のない中での調査になれば、事実の確認が中心になってしまい、十分な考察にまで手が回らなくなってしまうのは、仕方のないことだ。

「じゃあ、質問を変えるわね」

広瀬さんが容赦なく続ける。

「ベンゾジアゼピン系からの切り替えで、実際に不都合のあった症例はある？　資料にはその肝心な点の記載がないけど」

いっせいに紙をめくる音が室内に響き渡った。

入職八年目の野田さんに、そこまでの視点を要求するのは少し無理がある。しかし、彼女は院所の代表としてこの場に来ているのだ。そうなると当然、事前に上司である矢部薬局長が資料に目を通して足りない点を補足していて当然のはずなのだが、どうやらそういう機会もなかったようだ。

「どうなの、野田さん」

広瀬さんの、野田さんとは対照的な低音の声は、こういう場面になるといっそうすごみを増してくる。外からの光が広瀬さんの眼鏡のレンズに反射して、一瞬稲妻にも似たするどい光が放たれた。その奥の刺すような視線が、容赦なく野田さんに向けられている。

「ちょっと、いい？」

私は沢田くんに言った。心臓が、まるで喉の真下にでもあるかのように、大きく鼓動を打っている。

「姫野さん、どうぞ」

沢田くんの視線に背中を押されるようにして、私はしゃべりはじめた。

「私の薬局では一例だけしか使用した症例はないんだけど、それはそもそも先生が正式採用になってはいない薬の処方は基本的にはしない、という考えだからなのね」

「ああ、僕の所もだいたい同じような状況ですよ。ただこっちは入院患者が対象だから医療スタッフも多くて外来より目が届きやすいですからね。だから使用するにあたっての先生の慎重さは姫野さんの所ほどではないように感じますが。でもまだ試し使いの段階なので積極的に使いたがる先生はいないですね」

沢田くんがうまい具合に合いの手を入れてくれた。人前で、と言うよりそもそも話をする、といった行為に慣れていない私は、緊張のため汗でぬれた手のひらを、ハンカチでそっとぬぐう。

「私の所もそうですね。先生方も新しい薬は使いたがらない、と言うか、限定採用申請書を書くのが面倒みたいで……」

奥村さんがここだけの話ですが、と言ったそぶりを見せてクスッと笑った。

少し落ち着いてきたところでもう一度深呼吸をして、私は話を続けた。

「それで、使用した一例と言うのはね、患者さんが健康雑誌で見て、自分も試してみたいと強く希望したそうなの。最近のその手の本って、薬の名前まではっきり書いてあるでしょ」

「最近そういうの、めっきり多くなりましたよね。テレビなんかでも多いでしょ。いわゆる啓蒙広告って言うのかな」

沢田くんが続ける。

「ただメーカーのＣＭでは医療用医薬品の名前そのものを出すことはできませんから、眠れなかったらお医者さんに行きましょう、みたいな言い方にとどまっていますが、ちょっと調べれば簡単にわかりますからね」

沢田くんの発言に、実習生たちの緊張も、だいぶ和らいだようである。沢田くんの言葉を受けて、私は続けた。

「その患者さん、ベンゾジアゼピン系も時々服用する程度だったし、プラセボ的な側面もあったから、反跳性不眠の心配はないだろうって、先生が判断して切り替えたんだよね」

「で、効果は報告を見ると著効ってなっていますが……」

沢田くんがそのページを実習生に示しながら質問してきた。

「そうなの。でもね、本当の意味でこの症例が著効かどうか、それはわからないと思うのよ」

一呼吸置いてから、私は発言を続けた。

「以前の薬だって十分効果は実感できていたようだし、プラセボ効果も考えられるわけだし。でもこの報告用紙に従えばこういう症例は『切り替え後、著効』ってなるわけでしょ。まとめながら思ったんだけど、ベンゾジアゼピン系を連用していたのか頓用だったのか、またそれらの効果はどうだったのか、それによって区別しないと正確な評価はできないと思う。そういうふうに報告用紙を作り直した方がいいんじゃないかな。その上で野田さんには改めて報告してもらったらどうだろう」

私のちょうど向かい側の席で、私の話を時々うなずきながら聞いていた広瀬さんと、目が合った。

「そうだね。もともとこの報告用紙は採用委員会から下りてきたものだよね。ベンゾジアゼピン系同士を比較する場合にはいいのかもしれないけど、今回みたいに同じ睡眠導入薬でも作用機序のまったく異なる薬の評価にはちょっと無理があるんだよね。これ、昔作ったものでしょう？　実際に即した形に書式を変えるのは構わないわよね？」

広瀬さんが沢田くんに向かって言った。沢田くんはこの委員会の責任者である。

「そのようですね。実態にそぐわないのなら書式を改めるのは問題ないと思います。ただ今月末までに採用委員会に報告を上げるように言われているんですよね。それまでの間にもう一度会議を持つのはちょっと難しいですね。困ったな……」

このような状況になっても沢田くんはめったに表情を変えることはない。今もみんなに向けられている表情は穏やかで、お内裏様のようにも見える。

「新しい書式は私が作ります」

野田さんが、いつものよく通る声で言った。謙虚さを含んだ聡明な子どものような声だった。

「今週中に作ってメールで送ります。それに記入して私に送り返してください」

「誰がまとめるんですか?」

奥村さんが、不安げな視線を誰にともなく投げかけながらきいた。

「それも私がやりますから。まとめたものが出来上がったら一度みなさんのアドレスに送りますので添削してください。その意見を取り入れて書き直したものを沢田さんに送ります。最終点検をしてください。それでいいですか?」

はぎれのよい声が響く。

「どうしたの? ずいぶん張り切ってるじゃない」

広瀬さんの野田さんを見据える視線には、先週水曜日の会議でやり合った時のような鋭さはない。人付き合いに個人的な感情を一切挟まず、公平に物事を見極める広瀬さんらしい。

「私がやって、何か不都合ありますか?」

「そんなことは言ってない」

「では私がやります。個人的に興味もありますし」

そういえば野田さんは、卒論で配属された研究室で、抗うつ薬の効果判定を製薬メーカーと合同でやっていたと、以前聞いたことがある。

「じゃあ野田さんに今の段取りでお願いしていいですか」

沢田くんの問いかけに、全員が賛成した。

「それでは野田さん、その段取りでお願いします。いい後輩を持つと助かるなあ」

いつもは定時を軽く二時間は超える会議なのに、今日はちょうど定時に終わった。三人の実習生たちが二階の薬局で今日のレポートを書くために部屋を出て行った後、それを見計らっていたかのように、広瀬さんが白衣のポケットから黄色い紙を取り出して、机の上に広げた。

広瀬さんの視線と私の視線が、その真上で交わり合った。

あの『人殺しのくせに』と裏面に殴り書きされた、薬害根絶デーで配ったビラだった。

「これ、何ですか？」

一瞬、早朝のように静まり返った空気の中で、最初に声を上げたのは奥村さんだった。

「投書箱に入っていたのよ。うちの病院の」

私を見て軽くうなずき、広瀬さんは続けた。

「イレールのことを、言っているのよ」

表情を変えず、彼女は続ける。その冷静さは時として人に冷たい印象を与えるが、こういう場面だと逆に頼もしくもある。

「去年の、高裁判決が影響しているんだと思う」

イレールの薬害裁判訴訟で、昨年十一月、東京高裁は、国と製薬企業の責任を認めた地裁判決を覆し、国にも製薬企業にも責任はない、という逆転判決を出していた。

「確かに。判決の要旨を読んでみると、使った医者に責任がある、みたいな書かれ方がされてもいましたからね。そんな時、医療者側からの『薬害根絶は、私たちの願いです』なんてビラを見たら、責任逃れだと受け取られても仕方がないかな。そのビラに書かれたような感情を抱いてしまう人がいても、おかしくないのかもしれませんね」

珍しく笑みの消えた思慮深い表情を見せて沢田くんが言った。野田さんは、みんなから少し離れた場所にいて、何かを深く考えているようだった。混乱しているようにも見える。奥村さんの視線がそんなふたりの間を不安そうにさまよっている。

「薬害エイズ以来、この職場はずっと原告被害者側に立って裁判の支援をしてきましたけど、今回ばかりは立場が微妙ですね。薬害委員会の委員長の矢部薬局長は、どういうふうに考えているんでしょうかね。野田さん、何か聞いてない？」

沢田くんが野田さんに意見を求める。野田さんも薬害委員会のメンバーであり、入職当初からその活動には積極的だ。矢部薬局長の手足のように動いてその活動を支えている。

「それが、よくわからないんですよね」

彼女にしては珍しい投げやりな言い方だった。何かにいら立っているようにも見えた。

「よくわからないって？」

沢田くんが思慮深い表情を崩さないまま野田さんに訊いた。その声には人を安心させるようなやわらかな響きがある。

「矢部薬局長は、裁判に勝つことだけを考えているみたいで。何ていうのかな。裁判に勝たなければいけない目的っていうのかな、それがちょっと、違うんじゃないかなって……」

何でも断定的にものを言う野田さんにしては、随分と歯切れの悪い物言いだった。

「一生懸命なのはわかるんですよ。国と製薬企業を許せないって、意気込む気持ちも、わかるんですよ、本当に。でも、それだけで、いいのかなって……」

「具体的には？」

私は訊いた。それは自分の中にもある疑問でもあった。

「この前、先週の水曜日の会議で広瀬さん、言いましたよね。私たちは加害者になる可能性だってあるんだって。そういうおそれのようなものは、常に持っていないといけないんだって」

うなずきながら、広瀬さんが聞いている。

「その通りだ、と思いました。それを聞いて、自分の中の疑問が少し解けたっていうか……。私たちは加害者になる可能性だって、ある。実際に薬を扱うんだから、それはある意味、当然なのかもしれませんよね」

野田さんは続ける。

「でも、矢部薬局長にそのことを言ったら、どうして私たちが加害者になるのか意味がわからないって」

「そう……」

「どうして私たちが加害者になるのって、そう言ったんです。私たちは国と製薬企業を相手に闘っているのにって……」

「そっか……」

力のない声のまま私は言った。

「僕たちが薬剤師になるずっと前から薬害ってあって、サリドマイドとかスモンとか。矢部薬局長はそういうものをずっと見てきて、薬害エイズ以降は裁判の支援にも取り組んできて、自分は原告被害者の味方なんだって、そういう立ち位置で、ずっと国と製薬企業を相手に闘ってきた人ですからね」

今さら考え方を変えるのは難しいだろう、おそらく沢田くんは、そう言葉を続けたかったのだろう。しかしあえて、それを言葉にすることはしなかった。彼はそういう人だ。人を見る目は確かだが、それを決して批判や非難の対象にはしない。

「ひとつ、聞いていいですか?」

野田さんが広瀬さんに強い視線を向けて言った。

「もし、この裁判に負けたら?」

「この裁判に負けたら」

広瀬さんは反復するようにそれだけ言って、野田さんの次の言葉を待った。

「今後は私たち医療従事者が、原告から訴えられる、そういう流れになるってことも、あるんでしょうか?」

それは、常に私の頭の片隅にもちらついていたことだった。

ビラの裏に書かれた文字。

それがいつか、不特定多数の人たちから投げつけられる状況になることをおそれ、そこから逃げたい、とさえ思っている。責任回避という計算が働いているわけではなく、単に怖いのだ。怖さの理由を説明できないまま、子どもが幽霊を怖がるように、ただ漠然と、怖いのだった。

「それはないね」

広瀬さんがきっぱりと言った。

「もちろん原告被害者は国や製薬企業に対して謝罪や賠償を求めているけどね、それだけではないのよ。ここが肝心なところなんだけどね、原因究明。どうして薬害が起こったのか。そこをはっきりさせることも求めているの。原因をはっきりさせて薬事行政の改善を図ってゆくこと。それが薬害を繰り返させないための唯一の方法なんだって、ちゃんとわかっているのよ」

「薬害を繰り返させないための唯一の方法……」

従順な子どものように、野田さんが繰り返す。

「そうよ。だから私たちの職場は職場をあげて原告側に立って裁判の支援をしているんでしょ？　それはすなわち、私たちのためでもあるの。私たちが私たちのためにやらなければいけないことなのよ。野田さん、あなた、薬害委員会の中心メンバーだったわよね。そんなこともわかっていなかったの？」

はっきりとものを言う広瀬さんらしい発言だった。野田さんからはいつも広瀬さんと対立する時に見せる威勢のよさは消え失せて「そうなんですか」と小さな声で言っただけだった。

「だから裁判の支援って、単に国と製薬企業を許しませんだけを声高に叫んでいるだけじゃ、ダメなんだよね。実際に薬を使う側の私たちの立場なら、特に」

広瀬さんの発言を、野田さんはうなずきながら聞いている。若い奥村さんは、自分自身の中で自問自答を繰り返し、そこから何かを見つけ出そうとしているかのような真剣なまなざしを、広瀬さんに向けている。

「サリドマイドや薬害C型肝炎は、僕たちが薬剤師になる前の話ですが、だから関係ないって思うんじゃなくって、広瀬さんの言うおそれのようなものを、常に持ち続けて仕事をしていかないといけないんでしょうね」

沢田くんの言葉に、今までただ漠然と感じていただけだった恐怖の対象が、ぼんやりと自分の前に姿を現しはじめる。

「だから今後、薬、特に新しい薬の使用に対しては今まで以上に慎重であり続けないといけないし、だから僕たちはさっきみたいに地道な活動を続けているんじゃないかな」

そうだ、そのために私たちは力を合わせているのではないか?

沢田くんの言葉が結論のようになって、重苦しい空気の漂った会議は解散となり、それぞれが何かを背負ったまま、そろって会議室を後にした。

井出さんは、ここ、みなと病院に入院している。

会議終了後、その二階病棟に立ち寄った後、私は職員用通用口に向かって歩いていた。

井出さんが眠っていたことにほっとしていた。かける言葉は見つからず、相変わらず眉間に深いしわを刻み込んだまま眠っている井出さんに向かってつぶやいていた言葉は「すみませんでした」だった。

他に、どんな言葉があるというのだろう？

私は井出さんに何もしてあげることはできなかったのだし、そして、これから先も、何もしてあげることなどできないのだ。

井出さんに限らず、結局のところ、人が誰かに何かをしてあげることなんて、所詮、できるはずなんか、ないのだ。

それがわかっていながらも、井出さんのことが頭から離れないでいるのは、自分に対する後ろめたさの表れ以外、説明のしようがなかった。

静まり返った薄暗い廊下の突き当たりに薬局がある。扉が開き、そこから誰か、白衣姿の人が出て来る様子がうかがえたが、最近めっきり近眼が進んだようで、それが誰だかわからない。

「姫野さん、まだいたんだ」

声を掛けられて、その白衣姿がさっき別れたばかりの広瀬さんであることがわかった。

「ちょっと、井出さんの所、寄ってみたんだ」

「最近は眠っていることが多くなったよね。モルヒネ入れてるから。まあ、痛みに苦しむよりはいいけど……」

「家族は来る？　確か、姪っ子さんがいるはずだけど」

「来ない。見たこともない」

「そう……」

「ただね、近所の人っていう女の人が、時々来てるよ」

「近所の人？」

「そう。親切な人だよ。来るたびに洗濯物まで持って帰るんだから。なかなかできることじゃないよね」

「そうなんだ……」

私はなぜか、背負い込んでいた重い荷物をひとつ、下ろしたような気分になっていた。あの、孤独だとばかり思っていた井出さんに、そういう人が存在していたという事実に安堵し、そして、会ったこともないその人に、そっと手を合わせて感謝した。

「そうだ、姫野さん。渡そうと思っていたものがあるんだ」

私は広瀬さんの後について、調剤室の中を通り、奥の事務室へと向かった。誰もいない部屋の中、冷所保存の薬が収納されている業務用冷蔵庫の振動音だけが、まるで流れる時を刻むかのように、静かに響いていた。

「これ」

広瀬さんが私に差し出したものは、クリアファイルに挟んである一枚の新聞紙だった。少しばかり色あせたそれは、国家試験の合格者が掲載された新聞だった。もう十年も前のものだ。

「うちにふたつ、あったから」

十年前の記憶。

合格者が掲載されたその新聞を、病床の母に見せた時、母はもうベッドから起き上がることができなくて、目の前にかざされたその新聞を見た後、母はゆっくりと目を閉じて、そして、真っ直ぐな涙をひとすじだけ、流した。その数カ月後、母は死んだ。その時、私はそれを棺桶の中に入れて一緒に焼いたのだ。私のために働きづめだった母に対して、私にできた親孝行らしいことといえば、たったひとつ、それだけだった。

「うちにふたつあったから、ひとつ、姫野さんが持っててよ」

当時は気が付かなかったのだが『姫野芙見』と『広瀬優子』は前後に並んで記載されていた。

「これから先、いろんなことがあるかもしれないけどさ、初心を忘れないようにしようよね」

「初心……」

「薬を通して社会貢献したいんだって、姫野さん、入職の時、言っていたよね」

広瀬さんが、言った。

「そんなこと、言った？」

「言ったよ」

そうだ。

忘れかけていた、ひとつの記憶がよみがえる。

薬学生の時に実習させてもらった夜間帯の外来には、仕事を終えてから受診していると思われる作業着姿の人が何人も来ていた。

「寒い時は血圧が上がることが多いんですよ。屋外のお仕事でしたよね。薬は飲み忘れないようにしてくださいね」

「これからまた長距離ですか？　お疲れさまです。明け方咳込まないように、忘れないで吸入してくださいね」

薬剤師から薬を受け取った人たちは、言葉は少なかったけれどどこかほっとしたような表情で薬局を後にしていった。

そうだ。

その光景を見ながら、単にお金を得るためではなく、私はそういう人たちのために、働く人たちのために、自分もがんばって仕事をしよう、そう思ったのではなかったか。

母と同じように、身体を張って働く人たちのために、自分もがんばろうと思ったのではなかったか。

「そういえば、そんなこと、言ったね」

「でしょ？」

「忘れかけてた……」

「私も同じ。時々忘れそうになる。そんな時、これ見るんだ」

色があせた新聞の一ページ。

『姫野芙見』と『広瀬優子』

ふたりの名前が並んでいる。

「ありがとう。大事にするね」

私はそれをクリアファイルに挟んでカバンにしまった。


家に帰りついたのは、ちょうど八時をまわった頃だった。

今日から叔母に、台所を使うことを許可していた。そのためだろうか、部屋に漂う空気には、どことなくやわらかな感触さえあった。

「豚汁作ったわよ。今日は寒いから。あたしの得意料理のひとつなの」

よそわれたばかりの豚汁が、テーブルの上で勢いよく湯気を立てている。

この私の人生で、こういう、たぶん世間並みといっても差し支えないであろう夕食を、自分以外の誰かと食べようとしている行為が信じがたく、また、場違いな気もしていた。

私はこの場所にいてもいいのだろうか？

この場所にいる資格があるのだろうか？

「ちょっと食べてみてよ。久しぶりに作ったんだけど、勘は鈍ってないはずよ」

叔母に促され、おわんを両手に包むようにしてしげしげと眺めてみる。私は醤油と味噌の、味の区別がつかない。茶色く濁っているところから察すると、おそらく味噌で味を付けたのだろう。

　一口すすってみた。

インスタントラーメンの汁とは明らかに違う、なめらかな舌触りだけは、わかった。しかし
やはり、醤油か味噌か、味の区別はまったくつかない。

「醤油か味噌か、わかんないよ」

　叔母の作ってくれた豚汁をすすった第一声が、それだった。自分で制御できないままに湧き
起こった説明しようのない何かにいら立つ気持ちを、叔母を的にしてぶつけるしかなかった。

　しかし叔母は、意外なことを言った。

「あら芙見ちゃん、よくわかったわね。醤油も味噌も入ってるのよ」

　向かい側に座っていた叔母がテーブルに両肘を付いて、私にすり寄るように近付いてくる。

「ま、醤油も味噌も元は大豆だからね。味は似てるんでしょうね。あんた、それで結構、料理
の才能あるのかもよ」

「まさか……」

「ほら、血は争えないって、言うじゃない?」

「血は争えない?」

「そうよ」

　叔母と同じ血が流れているということに、嫌悪感さえ抱いていた時期もあった。

でも今は、その言葉を自分が自分であることの証だと、素直に思うことができる。そして、自分を少しだけ、かけがえのない存在なのだと感じはじめてもいる私がいた。

血は争えない。

その言葉と一緒に、私は大根と人参をかみしめていた。


真夜中の屋上。月の姿はどこにも見えず、ひたすら暗い闇だけが広がっている。

月の舞台。

その上で、私は自分に降りそそぐ光の存在を、確かに感じていた。その、私のまわりに満ちあふれるやさしい光は、私に寄り添う癒しの象徴だ。


「おばちゃん、私、大学行ってもいいのかな……」

高校三年生の、雨の降る日。

大学の合格発表が行なわれた日の夜、また例のごとく風のように突然現れ、我が家に滞在していた叔母に訊いた。九時を過ぎたばかりなのに、隣の部屋では、母は翌朝一時半起床に備えてすでに眠ってしまったようだった。

私が大学に進学すれば、母は後四年間、今の仕事を続けなければならない。めまいがするほどの寒さの中で、新聞を配り続けなければならないのだ。

「何言い出すのかと思ったら」

叔母は音量を絞ってテレビを見ていた。私にはテレビの音はまったく聞き取れず、雪交じりの雨を含んだ風が、容赦なく窓ガラスをたたき続ける音だけが聞こえていた。

後四時間もすれば、母はこの、降りしきる雨の中へと出て行き、雨に打たれながら新聞を配らなければいけないのだ。そんな母を想像することは、私にとってはまるで拷問のようだった。

「お金のこと、心配してんの？」

「だって……」

その先を言葉にしたら、涙があふれてきそうだった。

「バカね芙見ちゃん。お金なんてもんはね、どうにかなっちゃうもんなのよ」

「またそんな、無責任な……」

「金は天下のまわりものって、言うじゃないの」

「……」

「とにかく芙見ちゃんが心配するようなことじゃあないの。自分で選んだ道なんでしょ。今からそんなんでどうするの」

叔母は再びテレビ画面に目を向けた。画面の中で、お姫様みたいなドレスを着た女の子がピアノを弾いていた。

「私、ピアニストになります」

明るく言う女の子に両親は、作り慣れた上品な笑顔を向けている。母のそんな顔を、私は一度だって見たことがなかった。

違うのだ。

所詮、住む世界が違うのだ。

窓ガラスを、雪交じりの雨を含んだ風がたたき、ガタガタと不気味な音を立てていた。

「行きなさいよ。大学」

叔母がテレビ画面から目をそらし、私の目を正面から見据え、諭すような口調で言った。

「自分で選んだ道なんだから」


「自分で選んだ道……か」

真夜中の屋上。

あの時と同じ冷たさの中で、私はもう十五年近く前になってしまったあの日の記憶に寄り添っていた。


「マコちゃんあんた、旦那の作った借金、まだ残ってるんでしょ。人の心配なんてできる立場かい。少しは自分のことも考えなさいよ」

台所から聞こえてくる母と叔母の声で目を覚ました。寝ている私を気遣ってか、お互い声をひそめて話をしてはいるものの、静まり返ったまだ暗い早朝、冷え切って張りつめた空気はかすかな音の振動さえ逃がすまいと私の耳元に運んでくるのか、母と叔母の話し声は、まるでイヤホンから聞こえてくるかのようにはっきりと伝わってきた。

「だからね、義姉さん。毎月ってわけじゃないのよ。景気がよかった時にね、少しだけでも」

「そんな金があるんだったらね、少しでも早く借金返しなよ。まったく、あんたって人はバカがつくほど人がいいんだから」

「借金のためだけに働くなんて、それこそバカがすることよ。芙見ちゃんのために使って欲しいのよ。そしたらあたしだって働きがいがあるってもんなのよ」

「マコちゃん、あんた、ほんとにバカだよ」


自分で選んだ道。

そして、多くの人に助けられて歩いて来た道。

その、歩いて来た道を確かめるかのように、私は後ろを振り返る。

これからも、私はこの道を歩いて行けるだろうか？

歩いて行っても、いいのだろうか？

月はまだその姿を夜空に現してはいないのに、どこからやって来たのか、私のまわりはやさしい光で満ちあふれ、それらによって作り出された自分の影が、前に進めと言っている。

そして、私の背中を、そっと、押しているようだった。

第十一章　祈り

翌日、夕食の後、叔母に教わりながらマフラーを編んだ。一昨日、叔母が百円ショップから買ってきた毛糸の色と手触りは、まるでヒヨコのようだった。かぎ針を単純に前後に動かすだけで、自分の手の中で編まれてゆく鎖を見ていると、不思議な気分になってくる。私の人生は、編まれる前の、しかも放置されたままの、ただ真っ直ぐな毛糸のようだと思った。月の光の中で、暗闇と静寂に寄り添うことでしか自分の存在を確認できず、また、そこだけが、唯一自分にとっての安穏の場所であると思っている限り、私の人生は放置された真っ直ぐな毛糸のままだ。

「あたしが編むのをよく見てなさいよ」

叔母の指導はそれだけだった。しかし、中学生の頃、図書館で見た編み物の本に書かれた説明よりもはるかにわかり易かった。

鎖編みも長編みも、叔母が編み続ける姿を見ていたら、自然とできるようになっていた。

「料理と手芸は習うより慣れろってね」

「それ、誰の言葉？」

「今、あたしが思いついたの」

そう言いながらかぎ針を操る叔母は、まさにみやびだった。

「全然名前負け、してないじゃん」

私は言った。

「何のこと？」

と、叔母。

「この前言ってたじゃん。雅子って名前。完全に名前負けだって」

「ああ、そんなこと言ったわね」

「おばちゃんは十分、みやびだよ」

「何を言い出すんだか」

そんな会話を交わしながら、真っ直ぐな毛糸が私の手の中でどんどん形を作っていった。単純作業なのに飽きるということはなく、今まで誰かのために何かを作るという経験を持たない私にとって、その行為にははじめて眼鏡をかけた時のような感動があった。

母にもこれを、作ってあげればよかった。

そんな思いが頭をよぎったと同時に、もう決して母には会えないのだと思ったら、周囲の空気が薄くなってしまったかのような息苦しさが私を襲った。

母が死んで、もう十年が経過しようというのに、母を思い出す時、私はいつも同じような感覚になる。息苦しさ、閉塞感、そして、叫び出したくなるほどの焦燥感だ。安物のマフラーを巻いて嬉しそうにしていた母の記憶は私を更に哀しくさせて、闇の中に吸い込まれるような恐怖さえ伴う孤独の中、それにひたすら耐えるしかなかった。

あの時の母に、今、私の手の中にあるこのマフラーを巻いてあげていたら、私は今より少しは救われていたのだろうか？

そしてそれは、もう手遅れなのだろうか？　取り戻すことはできないのだろうか？

どうにもならない哀しさは、今でも時々私の前に立ち現れ、私はそれをどうすることもできないまま、それでもその哀しさに寄り添うしかなかった。逃げれば逃げるほど苦しくなることは、経験上わかっていたのだ。

「芙見ちゃんはすじがいい。やっぱりあたしの姪だわね」

湧き起こった焦燥感をどうすることもできなくて、涙がこぼれそうになった時、叔母の言葉に我に返った。

「血は争えないって、ほんとだわね」

血は争えない。

昨日も聞いた言葉だ。

私はその時、私の中にも流れている叔母と同じ血を意識した。暖かな感覚だった。それは、近くにいるとかいないとか、恩を受けたとか受けないとか、そういうある種の打算やかけ引きなどとはまったく無縁の観念で、それらをすべて乗り越える力さえ持っているようだった。

そしてそれは、哀しみにくれる私の手をそっととって、暗闇と静寂の中からやさしい光の中へと連れ出してくれるかのような、そんな暖かな期待すら抱かせる。涙が止まらないでいる私の髪を、ただ黙って、いつまでも撫でていてくれるような、そんな感覚だった。

「おばちゃん……」

「なに」

ずっと、私のそばにいてくれないかなあ。

それは、声にはならなかった。

ずっと、私のそばに……。

「なんでもない……」

私はかぎ針を黙々と動かし続けた。編まれてゆく毛糸は未来から流れてくる時間を吸収しながらその形を確かなものにしていった。それを眺めながら、時間という概念の外にあるかのような暗闇と静寂と、そして、過ぎていった過去にいつまでも寄り添い続ける自分は、まさに放置されたままの毛糸のようだと改めて思った。

今は一瞬にして過去へと変わる。母がもう過去の中だけにしか存在しないのに対し、私たちは、自分の意思ではないにしろ、過去を紡ぎながら今を生きていかなければならないのだ。

いつまでも、放置された毛糸のままでいるわけには、いかないのだ。

マフラーができ上がるまでの時間は、叔母の言った通りほぼ二時間だった。叔母はその間にふたつのマフラーを完成させていた。五つの毛糸で三つのマフラーができたことになる。首の前でクロスさせて開けた穴に通せば、しゃれたスカーフのようになった。

「これ、患者さんにあげるんだ」

「それはいい考えね。喜ぶわよ」

「もう、そんなに長くはないんだよね。何もしてあげられなくてさ。今さらこんなことしてもどうにもならないって、わかってるんだけどね」

「そんなややこしいこと考えなくていいの。芙見ちゃんの悪いクセよ。だいたい人からものもらって喜ばない人なんて、いるわけないじゃないの」

「それもそうだね……」

私は自分で編んだマフラーを、小さくたたんでカバンに入れた。


月の見えない夜空。

暗闇と静寂に包まれた舞台の上を、私は一歩一歩、その中心へと向かって歩いて行く。視界に入ってくるものは、何もない。

私だけの、月の舞台。

暗闇と静寂だけが広がる、月の舞台。

一週間前まではあんなにくっきりと、まるでスポットライトのように私を照らしていたその月は、今はまだ東の空の下にいて、それでもそこで、私を見守っているのだろう。

今の私には、それがはっきりと、わかる。

暗闇の中で、私は微かな光を見た。視覚的なものではなく、心の奥に差し込んでくるかのような、やさしい光を。それは、暗闇と静寂の世界にいる私の手をそっととって、どこか別の場所へと導いてくれるようでもあった。過去の中ではなく、今という空間に。

そして、未来へと歩いて行けるように。

お母さん？

思い出の中にしか存在しない母の残像にそっと寄り添いながら、私は月の舞台を後にする。

「芙見ちゃん、あんたいったい何してんの？　毎晩毎晩」

静かに玄関の扉を開け、電気をつけずにそっと部屋に入ったつもりだったけれど、布団を並べて寝ている叔母を起こしてしまったようだ。

「屋上にいるんでしょ？　この前みたいに」

「……」

「そうなのね」

「……」

「屋上でいったい、何してんのよ」

「……」

「こんな寒い中、いったい何してんのよ」

私は布団に入り、瞬きさえ忘れるほどに、空間をじっと見つめていた。窓から差し込む街灯の灯りも手伝って、暗闇に目が慣れてくれば部屋の様子は何となくわかってくる。屋上の闇の深さとはまったく違うけれど、そのぼんやりとした暗闇と静寂が、私にとっての救いなのだ。そして、その暗闇の中に春風のように漂うやさしい光が。

「芙見ちゃんはね、人とどう付き合えばいいのかが身に付いてないのね。きっと」

叔母の口調はいつもと変わることはなかったけれど、布団の中で聞くその声には、母親の子守唄のような、どこかしら人を安心させる響きがあった。

「仕方ないわね。ずっと義姉さんとふたりきりだったんだから。それに義姉さんは仕事仕事でほとんど家にいなかったんだし、家にいる時は寝てるだけだったもんね」

私は黙ったまま、月から響いてくるかのような叔母の声を聞いていた。

「あたしのせいね」

「……」

「あたしは芙見ちゃんに、何もしてあげられなかったんだから」

「……」

「たったひとりの姪っ子だっていうのに」

家の前の道路を、暴走族のバイクが数台、動悸がするほどのけたたましい音を立てて通り過ぎて行った。私は母猿の背中に必死になってしがみつく子猿みたいにバイクにしがみついている人間の姿を想像した。

音の残骸だけを残して遠ざかって行く暴走族のバイクの群れ。

私もあんなふうに、思い切り何かにしがみつくことができるのならば、母猿にしがみつく子猿のように、その体温をしっかりと感じ取れるほどに誰かにしがみつくことができるのならば、そうすれば、私が抱え込んでいる苦しさから解放されるのではないか、そんな気がする。

「おばちゃん」

すがり付くように、私は言った。

「どっか、旅行に行かない？」

「何よ、突然」

本当に、突然だった。

「温泉、行こうよ。温泉。今週の土日は休みだからさ」

夏の夕立のように突然に出た自分の言葉が更に私の背中を押したようにも感じた。

「温泉行こうよ、おばちゃん」

私は言った。

「おばちゃんと一緒に、温泉に行きたいよ」

「それ、いいかもね。あたしも旅行なんて、久し振りだし」

考えてみれば、旅行をするなんて、修学旅行以来のことだ。それなのに、温泉という言葉がすっと出てきた。そもそも温泉という言葉は日本人のＤＮＡにあらかじめ組み込まれているのか、旅行といったら温泉しか思い浮かばなかったのだ。かといって、温泉に何か具体的なイメージを持っているわけでもなく、温泉という響きだけから勝手に温かいお湯で満たされた浴槽と、川べりに立ち昇る湯気を想像しているだけだった。

「芙見ちゃん」

「なに？」

「欲しいもの、見つかった？」

何日か前に叔母にそう聞かれた時には、私は答えることができなかった。何が欲しいと問われたところで思い浮かぶものは何ひとつとしてなく、それは、私の人生をそのまま象徴しているかのようだった。

「眼鏡が欲しい」

今日は自然にそう言えた。

新しい眼鏡。今度はフチのない眼鏡を作ろうか。十年前に眼鏡を買い替えた時「こっちの方が顔が明るく見えますよ」と薄いピンクのフレームを勧める店員をあえて無視して作った今の銀縁の眼鏡。そろそろこれともお別れだ。

「わかった。それ、あたしが買ってあげるから」

叔母はそう言うと再び布団を被って寝返りを打ち、その後は身動きひとつ、しなかった。叔母から伝わってくるかすかな体温は、月の舞台の上で感じるやさしい光のようだった。

「人殺しのくせにって、あれ書いたの、実は私なんです」

突然に、野田さんが言った。

あの、ビラの裏に書かれた文字。先週のはじめに広瀬さんから見せられて以来、良心のずっとずっと奥の方で、私を容赦なく責め続けているその言葉。

「あれ書いたの、実は、私なんです」

彼女は一語一語を刻むように、そう言った。

コートを着たままだということもあり、少し窮屈を感じながら軽自動車の助手席に座っていた私は、運転席の野田さんに静かに視線を向けた。

車はちょうど赤信号で止まっていたけれど、彼女は緊張した表情を崩すことなく、何かをにらみつけるかのように、じっと前だけを見据えていた。

私の視界の左側で、鼓動のように点滅する歩行者用の青信号だけが、唯一時間が前に進んでいることを伝えていた。


私の職場に野田さんから電話がかかってきたのはその日の昼過ぎのことだった。

「この前の会議で私が作ることになっていた新薬評価の新しい書式の案ができました。メンバーにメールで送る前に一度見てもらえませんか？　仕事が終わったらそっちに行きますから」

彼女は一気にそう言った。

私の職場と野田さんの職場とは、道がすいていたとしても車で四十分はかかる。決して近い距離ではない。

「それならメールで送ってくれればいいよ。わざわざ来てくれなくても……」と言いかけた私の言葉に覆い被せるかのように「じゃあ仕事が終わったらそっちに向かいます」と言って、一方的に電話は切れた。

六時半頃、私の職場の前に通勤に使っているという白い軽自動車で乗りつけた野田さんは、車を降りようとはせずに私に助手席に乗るようにと促した。もともと強引な一面を持ち合わせてはいるのだが、声にいつもの甲高い響きがなく、また普段は人と話をする時は必ず相手を捉えるように見据える視線が不自然に空間をさまよっていることが気になって、私は帰り仕度を急いで済ませて彼女の車の助手席に乗り込んだ。

その車の中での、いきなりの告白だった。

「あの、去年十一月の東京高裁の原告逆転敗訴の判決が出てからですね、私なりにいろいろと考えてしまって……」

昨年十一月に出された薬害イレール裁判の高裁判決は、国と製薬企業の責任を認めた地裁判決を大きく覆すものだった。

信号機の赤い光が青に変わる。野田さんの運転する車は氷の上を滑るように静かに走り出した。

「今まで、何の疑問も持たないままに、国と製薬企業を責める姿勢で薬害裁判の支援活動をしてきましたが……」

野田さんは続ける。

「この前の会議で広瀬さんも言っていたように、私たちの立場って、一歩間違えば国や製薬企業同様、責められる立場にもなるんですよね。実際、薬を使用していた側にいるんですから」

今まで私が裁判支援の活動に、今ひとつ積極的になれなかった理由も、まさにそれである。

「野田さんの言っていること、よくわかるよ」

滑走路のように真っ直ぐに延びる道の両脇に立つ街灯の光が、まるでみなとの駅から見る星空のようだった。

「私たちも、人殺しなのかなって……」

野田さんが言った。その口調は何かをあきらめたようでもあり、それでいて、何かにしがみついているようでもあった。

その彼女の言葉もまた、容赦なく私を攻撃した。

私の仕事。私の生活。そして、私の生き方。それらすべてに対し、私は自信を持てないどころか、責任を負うことすらできないでいるのだ。息苦しさと動悸が襲ってきた。

職場をあげて行なっているというのに、その裁判支援の活動に積極的に関わることを極力避け、どちらかと言えば距離を置いてきた私でさえそう感じるのだから、薬害委員会の中心メンバーとして、時にはスーパーメガフォンを持って道行く人たちに国と製薬企業の責任を強く訴え続けてきた野田さんの心中は、痛いくらいによくわかった。国と製薬企業に向かって投げ付けた攻撃が、今まさに、ブーメランのように私たちに向かって戻ってくるのだ。

「そうだね……」

私は軽く同意をすることしかできなかった。その先の言葉を、つなぐことができないでいる。広瀬さんや沢田くんだったらこんな時、いったいどんな言葉をかけるのだろうか？　そんなことを、ふと思った。

「もし私が一般市民の立場だったら、これからも何の迷いもなく今まで通りの行動を続けてゆけると思うんです。でも……私たち、薬剤師の立場って、微妙ですよね。本当に。だから自分でもよくわからなくなってきて。いろいろなことが……」

沢田くんも、同じことを言っていた。私は黙ったまま、彼女の次の言葉を待つしかなかった。

「最初はあの紙、矢部薬局長に見せたんです」

彼女は車を路肩に止めた。そこはちょうど海にそそぐ川に架かる橋の真ん中で、空気が冷たく見通しがよいためか、車の窓からは星屑を散りばめたような向こう岸の灯りをはっきりと見渡すことができる。

「矢部薬局長は昔から、裁判支援活動の中心的存在ですよね。そういう立場の人はどう考えるんだろうって。そういう意見を、どう受け止めるんだろうって」

「……」

「そしたら薬局長、それ見ても何も言わないんですよ」

「そう……」

「どう思いますかって聞いても、何も言ってくれなくって。まったく無視なんですよ」

「そう……」

「自分のやっていることは正しいんだって、信じて疑わないんでしょうね」

——絶対に許しません

先週の会議の席で、そんな言葉を繰り返していた彼女の姿を思い出す。皆を前に、そう言い続けていた矢部薬局長の虚ろな目が、今となっては悲しく思える。

国と製薬企業の責任追及のみに必死になること。それは決して間違ってはいない。むしろ正しいことなのだろう。その彼女の思いがなければこの活動をここまで引っ張ってくることはできなかったはずだ。それは誰にも否定することなどできない圧倒的な事実だ。しかし今、このような状況になってくれば、彼女の心中も決して穏やかなものではないのだろう。野田さんに対しての沈黙は、無視ではなく、心の中を言葉にすることができないだけなのだ。私にはそれが、何となくわかる。

「矢部薬局長がやってきたことも、野田さんがやってきたことも、決して間違ってはいないと、私は思うよ」

私は自分の心をなぞるように言葉を選んだ。

「国と製薬企業を許せない、その思いがあったからこそ、裁判支援の活動も今まで続けることができたんだと思う。その活動で励まされた人たちも、たくさんいたはずだよ」

「それは確かに、そうなんですけど……」

「原告敗訴の高裁判決が出て、そんな時に更にあのビラを見せられたらね、矢部薬局長、薬剤師として今まで自分のやってきたことが、全部否定されてしまうんじゃないかって、そんな恐怖感を持ってしまったのかもしれないね。一生懸命やってきただけに、複雑なんだと思う」

私は言った。

「そうかもしれませんね」

隣でつぶやく野田さんは、何かを深く考えているようで、いつも威勢がいいだけに、その横顔を見ているだけで私も切なくなるほどだった。その切なさの糸をたどった時、私は野田さんのことをはじめて自分の後輩なんだ、と感じたのだ。

それは突然の感覚だった。十年間、集団の中で仕事をしてきたにも関わらず、私と他者との間には、常に透明なガラスが存在していたのだ。私はあっち側には行けないし、他者もこっち側には来られない、そんな透明なガラスだった。そのガラスが今、冬の透明な空気の中に消えてゆこうとしている。

「この子は私の後輩なんだ」と思う。そして、同じ思いを共有しているのだ、と。

先週の会議の時、国と製薬企業を絶対に許しません、と連呼していた矢部薬局長の姿が再び頭をよぎった。その圧倒的な正しさを頭の中で理解しながらも「それは、違う」と私が感じた違和感を、その時の野田さんも同じように感じていたのだろう。

「だから今度は、広瀬さんの目に付くように、会議でみなと病院に行った時にそこの投書箱に入れてきたんです。広瀬さんが回収の担当だって、聞いていましたから」

「どうして広瀬さんだったのかな?」

私は訊いた。

「広瀬さんは薬害委員会の活動を、いつも一歩距離を置いて冷めた目で見ている感じがしていましたから。そういう立場の人は、いったいどういうふうに考えるのかなって」

知的な印象を形作っている切れ長の目を真っ直ぐ前に向けたまま、彼女は続ける。

「以前、指摘されたことがあるんですよ。広瀬さんに。正義の味方って顔して、国と製薬企業だけを責め続けるのは間違ってるって。責めるだけではダメなんだって。その時は私もかーっときてしまって、言い争いみたいになっちゃいましたけど。今にして思えば、本当に広瀬さんの言う通り……」

「そうだったんだ……」

「あの時、ちゃんと広瀬さんの話を聞いていればよかった。私たちって、すぐ言い合いになってしまうんですよね」

会議の時は、常にコブラ対マングースのようににらみ合うふたりの姿を思い浮かべた。

「気が合わないんでしょうかね。私と広瀬さん」

ため息まじりに野田さんが言う。

「気が合い過ぎて、きついだけなんじゃないかな? 磁石の同じ極同士みたいに」

私が言うと、彼女は「そういう見方もあるんですね」と言って、ははは と笑った。

先週のはじめ、みなとの駅で広瀬さんからその黄色い紙を見せられた時、彼女はそれをにらむようにじっと見ながら、こう言ったのだった。

「誰だって、加害者になる可能性がある」と。

そして、一昨日の会議でそれを見せられた沢田くんは、こう言った。

「だから僕たちは、常に薬の安全性の評価をしてゆかなければいけないんだ」と。

それは、私たちが常に持ち続けていかなければならない教訓でもある。

――人殺しのくせに
野田さんの書いたその言葉を、私たちは世間の声のひとつとして、これから先も、受け止め続けていかなければいけないのだろう。目をつぶることも、気付かないフリをしてやり過ごすことも許されない。たとえ、自分たちが抱えたその重責に押し潰されそうになったとしても、そこから逃げ出すことはできないのだ。しっかりと受け止め続け、立ち向かってゆかなければいけないのだろう。

その先にあるのは、私たちが目指す薬の安全性、そう信じているから。

「薬に副作用があるのは仕方のないこと。でも、それが意図的に隠されて被害が大きくなれば、それはもう薬害になる。今回のイレールはまさにそれだよね」

私は続ける。胸の鼓動が声をかすかに震わせている。

「サリドマイドにはじまってスモンやエイズやヤコブ。沢田くんも言っていたけど、矢部薬局長はそういうものを私たち以上にたくさん見てきて、きっと、人間としての本能的な怒りっていうのかな、そういうものが私たちには想像もできないくらい、強いんだと思う。怒りの矛先がそっちだけに向かってしまうのも、仕方がないのかもしれないね」

「そうかもしれませんね」

野田さんはそう言うと、シートに身を沈めたまま、ひどく疲労しているかのような大きなため息をついた。

ずっと、考えていた。

あのビラの裏に書かれた文字をみなとの駅のコーヒースタンドで広瀬さんから見せられたあの日から、ずっと、考えていた。それは恐怖や絶望と隣り合わせの行為でもあった。しかし今、私はその先に見つけた光を言葉にすることができる。

「私たちが薬害裁判の支援をするのはね。闘いというより、医療従事者の祈りに近いんだと思う。薬が安全に使われますようにっていう、祈り……」

目の前を、向こう岸にある空港に着陸しようとする飛行機が、ゆっくりと流れる星のように何機も下降してゆく。

「祈り……」

野田さんはそう言うと、シートから身体を起こして私を見た。彼女の視線を感じながら、私は続ける。

「もちろん被害者の救済とか、国や製薬企業に対する責任追及とか、そういうことも大事なんだろうけど、でも、原告被害者も含め私たちが一番望んでいるのは、薬が安全に使われること。それに尽きると思う。それを実現させるために、私たちは薬剤師の立場でこの裁判を支援しているんだって、最近になって、やっと、気付いたんだよね」

　自分が他人に向かってこんな話をしていることが、不思議だった。しかしその時、私ははっきりと、何かの存在、私の背中を押してくれている何かの存在を感じていたのだ。

　河口付近の海に、小さく波が立っているのを街灯の光が照らしていた。新月が近付いてきているためか、月はまだまだその姿を夜空に現す気配すらない。

「姫野さんに聞いてもらって、よかったです」

　何かから解放されたかのような野田さんの声に、午後の電話で頼まれていた件を思い出した。

「そういえば野田さん。新薬評価の新しい書式の案ができたって……」

　そう言いながらも、それは私を誘い出すための口実だろうということに、私はすでに気が付いている。

「すみません。肝心なこと、忘れてました。明日の朝、職場の姫野さんのアドレスに送っておきますから。夕方までに添削して送り返してくれませんか」

「了解」

　私は言った。

「家まで送ります」

　通勤ラッシュとは無縁の海岸沿いの国道を、野田さんの運転する車はまさに氷の上を滑るように走ってゆく。向こう岸の灯りの群れは、星くずのようにキラキラと輝き、私たちが進む道路を照らす街灯は、真珠の首飾りのようだった。道路と平行に延びる高架線路の上を、長い電車がリズミカルに走り、ずっと先の闇の中へと吸い込まれるように消えていった。

「銀河鉄道みたいですね」

野田さんが、言った。

「銀河鉄道……」

そうだ。沢田くんも同じことを言った。みなとの駅のホームの上で、見送った下り電車が闇の中へと消えてゆくのを眺めながら、同じことを言ったっけ。そして、病院の窓から走る電車を見た広瀬さんも。

「沢田くんも広瀬さんも、同じことを言ってたよ」

私が言うと、野田さんは「私たちって、みんな、似たようなこと考えるんですね」と言ってアハハと笑った。

確かにそうだ。私も自然に笑みがこぼれる。さまざまな個性を持ちながらも、ずっと奥の方に共通して持っている、同じものを見て同じように感じる感性に、私は仲間を意識した。

「これ……」

私の住む雑居ビルの前に到着し、サイドブレーキを引いた野田さんが、カバンの中から一冊のノートを取り出した。

「簡単な料理のレシピです。すべて私のオリジナル」

そのノートをパラパラめくってみると、そこには几帳面な性格をそのまま現しているかのような整った文字とともに、野菜やフライパンのイラストが描かれていた。

「これを？　私のために？」

涙があふれそうになる。

「お安い御用です。それより彼氏ができたんなら、今度紹介してくださいよ」

期待しないで待っててね、と言いながら、私は車のドアに手を掛ける。そして、振り返って野田さんを見て、言った。

「野田さん、ありがとうね」

「そんな、お礼を言われるようなことではないですよ」

「このレシピもそうだけど……。あれ」

「え……？」

野田さんが、車のエンジンを切った。繁華街から急に山の上に放り出されたかのように、一瞬にして聴覚がさえ渡る。

「私に話してくれて、ありがとうね。あの、ビラの話」

「いえ。姫野さん、話しやすいから」

「話しやすい？　私が？」

「そう、いつもちゃんと話を聞いてくれるし」

そんなふうに他人から思われていたなんて、想像したことすらなかった。私と他者との関係は、常に裏と表のように、絶対に接点など存在するはずがない、そんなふうに、思っていた。

「ありがとう」

私はもう一度そう言うと、野田さんがくれたノートを胸に抱き、車のドアを開けた。

玄関の扉を開けたとほぼ同時に、叔母が「眼鏡眼鏡」と言いながら、転がるようにコタツの部屋から飛び出してきた。

「眼鏡がどうかした？」

靴を脱ごうとしたら叔母に止められた。

「靴なんて脱がなくっていいわよ。これから眼鏡、買いに行くわよ」

叔母はコートを着てマフラーを巻きリュックも背負い、すでに出かける準備が整っている。その格好のまま、ずっと私の帰りを待っていたようだ。

「昨日、眼鏡買ってあげるって約束したでしょ」

言われてみれば、昨夜眠りにつく寸前に、そんな会話を交わしたような気がする。そうだ、今度はふちのない眼鏡を作ろうと決めたんだった。

「でも、こんな時間から？」

腕時計を見たら八時半を指していて、文字盤に、イチョウの形に切り取られた窓にはすでに三日月が昇ってきていた。

「こういうことはね、芙見ちゃん。思いついた時に行動しないとダメなのよ」

「だからって……。こんな時間にお店、やってるの？」

「十時までやってるって。ちゃんと電話で確認したんだから」

やれやれ。

叔母に引っ張られるようにしてスーパーへと向かうレンガ敷きの松並木を歩く。真っすぐに延びる並木道に等間隔に設置された縦に長い照明は、まるで月明かりに照らされた氷の柱のようだった。

その冷たい光の中、私は突然、はじめて眼鏡を作った日のことを思い出した。

霧雨が降る、あの日のことを。

中学三年生の冬の日だ。

一番前の席に座っても黒板の字が見えにくくなり、眼鏡を買って欲しいと母に伝えたその次の日、母は黙って一万円札を二枚くれた。そのお金を工面するということが、母にとってどれだけ大変であったのか、二万円を稼ぐために、母がどれだけ身体を酷使しなければならなかったのか、その時の私にもよくわかっていた。哀しいくらいによくわかっていた。その二万円を握りしめ、私はこの松並木をひとり、歩いたのだ。今の照明とは違う薄暗い光が、降り出した霧雨だけを、ただぼんやりと照らしていた。

早く大人になりたい。

早くお金を稼げるようになりたい。

早く、自分の力で生きてゆけるようになりたい。

冷たい霧雨の中で、ただそれだけを、願っていた。

あの日から、随分遠くまできたような気がする。私は大人になり、母はいなくなった。自分の意思とは関係なく、未来はどんどんやってきて、流れる時間はすべてのことを過去へと押し流しながら進んでゆくのだ。そして、叔母と歩くこの瞬間も、いずれ過去へと変わってゆくのだろう。そう思った時、この、今という瞬間を、この、叔母と歩くこの瞬間を、とてもいとおしく思わずにはいられない。

一秒一秒を刻むようにしながら一歩一歩と歩いているうちに、目指していたスーパーにたどり着いた。二階の眼鏡売り場に着くと、セール品として入り口付近に陳列されていた、ブリッジが薄いピンクでフチのない眼鏡に自然と視線が引きつけられた。それはまるで、ずっと前からそこに鎮座し、私の到着を待っていたかのようだった。それを手に取った瞬間、その眼鏡が無性に欲しくなった。

「おばちゃん、これがいい」

「そんな簡単に決めなくてもいいじゃない。もっとじっくり選びなさいよ。ほら、奥の方にもいろいろあるじゃない」

まわりを見渡すフリをしてみても、その眼鏡以上に目を引くものは他になく、私は突然に湧き起こった何かが欲しい、と思う夏の日差しのように強い欲求をどうすることもできないまま、手に取った眼鏡をかけてみた。鏡に映る自分の顔はぼやけ、実際似合っているのかどうかはわからなかったけれど、頭の重さが半分になったかのような軽いかけ心地に驚いた。叔母が鏡をのぞき込んでくる。私には、その叔母の顔さえぼやけて見える。

「芙見ちゃん、あんた、ほんとにかわいい顔してんのねえ」

叔母はそう言いながら、満開の桜を眺めているかのような大げさなため息をついた。すぐ脇に店員がいる前で、まったく叔母ときたら何を言い出すんだか。

「芙見ちゃんはそういう淡い色の眼鏡の方が似合うのね」

叔母は井戸の底をのぞき込んでいるかのような視線を、鏡の中にそそぎ続けている。

「今かけてるのより、数倍かわいく見えるわよ」

それはいいとして、私はこの眼鏡の軽さに感激していた。

「やっぱりこれがいいよ」

「じゃあそれに決めようか」

眼鏡は結局、一週間後にでき上がってくることになった。


雑居ビルの一階にある定食屋に入った頃にはすでに九時半を回っていた。

「いらっしゃい」

カウンターに座る常連客らしいふたり連れと話をしていたその店の店主は六十歳前後と思われる小柄な人だった。夏の日焼けがまだ残っているかのような色黒の顔。五分刈りの頭に鉢巻といった出で立ちは、料理人というよりむしろ腕のよい大工さんのようにも見える。

「この前も来てくれた？」

一見気難しそうに見えた顔がぱあっと明るくなった。

「あら、覚えててくれたの？　あたしの顔ってそんなに印象に残る顔じゃあないと思うけど」

「こういう商売をしてるとね、一度見た顔は忘れないんだよ」

「さすがはプロね」

「今日はふたり？　娘さん？」

「ま、そんなところね。姪っ子なのよ」

「そうかい。よく似てるね」

ゆっくりできるからと店主はテーブル席を勧めてくれたが、叔母はあえてカウンター席を陣取った。

「マスターに任せるわ。夕飯、まだなのよ」

叔母の隣に座ると、そこからは食材や鍋やまな板が並んだ台所がよく見えた。

「オムライスでも作ろうか？」

「あらうれしい。オムライスなんて、何年ぶりかしら」

マスターはこじんまりとした厨房の中で、すべてが綿密に計算された動きであるかのように手際よくフライパンでごはんを炒め、それを皿に取り出したかと思うと同じフライパンに溶いた玉子をそそぎ入れた。そしてさっき炒めたケチャップ色のごはんをその上に置くと、魔法のような手さばきでそれを玉子で包み込み、あっという間に枕のようなオムライスができ上がった。

「マスター、ちょっと早すぎるわよお。この子に作り方見せようと思ったのにい」

「そうかい」

「この子に花嫁修業させて欲しいのよ。今度来たら、ここの席からマスターが料理作るの、見せてあげてくれない？」

オムライスにうっとりするような視線をそそいで叔母が言う。

「ちょっと、迷惑じゃない。何言い出すのよ」

私はあわてて叔母をつつく。

「そんなことならお安い御用さ」

店主はそう言って、叔母と私の前に作ったばかりのオムライスと、キノコがたっぷり入った味噌汁を出してくれた。

「マスター、今度はもっと、ゆっくりとね。できれば解説も付けて」

「わかった……」

私を見てうなずきながら店主が言った。その目の奥に、ほとんど記憶にない父親の面影を見たような気がした。

第十二章　春のきざし

そのファックス音が調剤室に響き渡ったのはちょうど正午を過ぎた頃で、外来の処方箋が集中する薬局が一番混雑している時間帯だった。

通常の場合、薬は、調剤する人間、最終確認をする人間、服薬指導をして実際に投薬する人間、この三人の作業を経て患者さんの手元へと届く。

ファックスが置かれた監査台の前で朝から立ちっぱなしで最終確認作業をこなしていた後輩の薬剤師は、ファックス音の後、しばらく間を置いて吐き出されてきた紙を手に取りさらっと読み下すと、誰が見てもわかるほどの不機嫌そうな表情をして、その紙を朝礼台の上に置いた。

私ははじめ、彼女の不機嫌は疲労のためだと思った。最終確認作業は一枚の処方箋に対してありとあらゆる角度からの分析が必要となる。知識と考察力が求められるのは当然のことで、それ以前に物理的な要素として相当の集中力と精神力と体力が要求される。

まず、調剤されてきた薬が処方箋と合っているかの確認は最低限やらなければいけないことで、それ以外に、飲み合わせの悪い薬の組み合わせはないか？　副作用歴はないか？　現病歴に対して投与してはいけない薬は処方されていないか？　薬用量は適切か？　などなど。

人間の力の限界を、最新機器を導入しシステムを強化することによってハード面から補うことにも限界があり、人間が月面着陸を果たしたハイテクの時代にあるとはいえ、医療の分野はまだまだ人の力に頼る部分が大きいことも事実だった。ミスはその集中力が途切れたほんの一瞬を狙ってすり抜けてしまう。身体的なものであれ精神的なものであれ、疲労はそれの引き金となる。

「ちょっとお茶でも飲んできたら？　しばらくかわるよ」

午後に訪問する患者さんの薬の準備をあらかた終えた私は、そう彼女に声をかけた。

「いえ、私は大丈夫です」

低い声でそう言うと、私にも見るようにと、彼女は無言でさっき届いたファックスへと視線を投げた。

私は彼女の視線をなぞるようにして朝礼台に目をやった。

『国と製薬企業、絶対に許しません。最高裁まで闘いましょう』

矢部薬局長から送られてきたものだった。それは内容の重さとはうらはらに、子ども向けアニメ番組の吹き出しのようなポップ体で書かれていた。

「何なんでしょうね、いったい」

どんな解釈でもできそうな言葉を発した後、彼女は再び作業に取り掛かった。

矢部薬局長も、必死なのだ。

この裁判を闘うことに。

このポップ体は、ある意味、堅苦しさが伴ってしまいがちな裁判を、若い人たちにも身近なものとして感じてもらえるようにと、彼女なりに思考を凝らした結果なのだろう。慣れないパソコンの前に座り、見開いた小さな目を画面ギリギリにまで近付けて、時々目をこすりながら必死になって作業をする矢部薬局長の姿が頭をよぎった。

――絶対に許しません
そして、会議でそう連呼していた彼女の姿も。

国と製薬企業を許せないという彼女の気持ちも、自分の正義、自分の行動に対する自己満足ではなく、また、医療従事者が共通して持っているであろう自らが加害者になってしまうかもしれないというおそれからの自己防御でもない。

おそらくそれは、人間が本能として持っているまっとうな怒りなのだ。彼女はそれに、真正面からぶつかっているのだ。そしてその怒りの糸をたどってゆけば、医療従事者の祈りへとつながっているはずだ。

薬が安全に使われますように。

そんな静かで、そして、力強い祈り。

そう、みんな、目指しているものは一緒なのだろう。

広瀬さんが言う自分自身に対するおそれの気持ち。そしてこの間、仲間たちと話した多くのこと。私はそれを、今度はこの後輩にも伝えてゆくべきなのだろう。そしてそれが、同じ志の下に集まった仲間、同じことを祈り続ける仲間であると、信じているから。

午後は患者さんの家を回る。今日は近場ばかりで、また経管栄養などの大きな荷物もないので自転車で出かけることにした。天気予報によれば夕方から天気が崩れると言っていたが、増えはじめた雲の隙間からはまだ十分に午後の日差しが降りそそぎ、日に日にやわらいでくるその光から、確実に季節が変わってゆくことを感じることができた。

「西山さん、こんにちは。薬局の姫野です」

勝手に入ってきて構わないから、と言われてはいても、呼び鈴を押して扉を開けてから、私は西山さんが寝ている部屋に向かって声を掛ける。

「やあ、どーもどーも」

暖かそうなセーターを着た西山さんの夫がいつものように出迎えてくれ、私は彼女の寝ている部屋へと入る。

「西山さん、こんにちは」

リウマチを患いほぼ寝たきりの彼女は、それでも何とかして車椅子に乗って散歩がしたいとリハビリにも励んでいる。色白の肌にさくらんぼのような赤い唇が、上品な顔立ちを更に引き立てている。

西山さんのベッドの脇に置かれたテーブルで、早速薬のセットに取り掛かる。一回分ずつ分包された錠剤と、漢方薬と粉薬。それらを一袋ずつまとめて彼女の夫に渡す。受け取った彼は、それを投薬カレンダーのポケットにセットする、という共同作業だ。慣れてしまえば単純な作業なのだが、何度試みても彼はひとりでその作業を完了させたことはない。どこかが抜けていたり、だぶって入っていたりするのだった。

カーテンを通ってきたやわらかな午後の日差しの中で、私たちの共同作業は静かに続く。

私はこの仕事に向いている、この仕事を選んでよかった、と思う。そして、この仕事をずっと続けてゆきたい、と思う。そんなささやかな願いは、同時に強い希望でもあった。

作業をしながら、彼はいろいろな話をする。定期的に訪問看護やリハビリが入り、ヘルパーさんもやっては来るのだが、寝たきりに近い妻とたったふたりで過ごす時間はやはり長く、重いのだろう。ふたりだけになった時にこの部屋に流れるであろう空気を想像すると、所詮、他人のこととは思いながらも、重石を付けられて海の底へと沈んでゆく荷物のように、私の気持ちも得体のしれない憂鬱の中へと沈みそうになる。だから今、私と共同作業をしながら発せられる彼の抑揚のない静かな声は、同時に私の気持ちさえも落ち着かせてくれるのだ。

話の内容はさまざまである。この前は県人会に行った時の話で、その次はふるさとの銘菓だという甘みの抑えられたお菓子の話。そして今日は、そのお菓子が隣県の名産品であるカステラに比べ、味も外見もいかに地味であるか、そしてそれは、地味でおとなしいと言われる県民性につながっているのだ、という話だった。私はそれらの話に特別気のきいた合いの手を入れることもない。ただ聞いているだけである。こんな私を相手に話をしたところで気分転換にすらならないのではないだろうか？　時々そんな不安さえ抱いてしまう。今さら社交性を身に付けようとは思わないし、身に付くはずなどないのだけれど、せめて相手を不快にさせないくらいの話術が自分にあればどんなにいいだろう、そんなささやかな願望が、なぜか湧いてきたりもする。

「お父さんはね、姫野さんのことが、大好きなんですよ」

西山さんが、突然に言った。

「ね、お父さん。昨日から楽しみにしていたもんね」

最後の一回分を無事、投薬カレンダーにセットし、ようやく完成した二週間分の薬を前に、西山さんの夫が、さっき話していたそのふるさとの県民性とやらをそのまま絵に描いたような穏やかな微笑みを浮かべていた。

「それじゃあ私、西山さんの若い頃に似てるのかしら」

とっさに飛び出した自分の言葉に驚いた。

「そうなのかしらね」

西山さんが、やわらかな日差しの中で微笑んでいた。

午後の日差しが降りそそぐけやき並木を自転車で走る。商店街に差しかかった私は自転車を降りて空を見上げた。ケヤキの枝の間から、だんだんと雲が増えはじめた空が見える。後数カ月もすればその枝は新緑に包まれ、夏になれば生い茂ったその葉が夏の日差しを遮って、心地良い木陰を作るのだろう。

「姫野さあん」

突然名前を呼ばれて振り返ると、買い物カゴを片手に持ったエプロン姿の七十代くらいの女性が手を振っている。

「この前修理に出してもらった血圧計、すごく調子いいわよお」

団地の中心にある商店街は、夕飯の買い物をする多くの人で賑わっている。

「それはよかったです」

私は声を張り上げて、午後の風景を背景にして立つその女性に、大きく手を振り返した。


仕事が一段落した夕方、野田さん宛てに、昨日頼まれていた新薬評価の新しい書式について、意見を添えてメールを返信した後、私はみなと病院へと向かった。井出さんに会いに行くためだった。着いたのは平日の面会終了時間である午後八時の二十分前で、夕食の時間をとっくに過ぎているためか、病棟の廊下は地下室のように静まり返り、勤務室には看護記録を書いていると思われる数人の看護師の姿が見えるだけだった。

五日前、日曜日に来た時は四人部屋にいたというのに、容態があまりよくないからなのか、井出さんは二人部屋へと移されていた。扉が開けっ放しになったままの病室に入ると、手前のベッドは空きベッドのようで、井出さんは奥のベッドにいた。

窓に背を向けこちら側を向いて横たわっている彼女の目は、すべてのことを拒絶するかのように固く閉ざされている。枯れ枝のような腕には点滴の針が刺さり、この前来た時よりふたまわりも細くなってしまった首の周囲には、耳に掛けられ鼻へと続く酸素のチューブが交差している。私は井出さんの傍らに立ち、彼女の目が開くのを待った。

井出さんに会いに来たというのに、なぜだろう、どうしても言葉を発することができないでいる。「井出さん」と声をかけることとさえ、できないでいる。今となってはもう目を開けさせることは、苦痛を更に増すだけであるということくらい、ちゃんとわかっている。私の気配に気付いて目を開けてくれることを期待する気持ちと、このままずっと目を閉じていてほしいと思う気持ちが複雑に私の中で入り混じっていた。目を開けた井出さんに、いったいどんな言葉をかければいいのだろう？　母がそうであったように「痛い痛い」と苦しむことがありませんように、とそれだけを祈って病室を出た。

昼間は面会や、比較的軽症の入院患者の息抜きの場所として使われているテーブルが並んだ一角へと向かった。まだ消灯時間前のため、薄暗いながらも照明はついてはいるものの、その照明はかえって病院独特の陰鬱な空気をも照らし出すのか、窓辺に立つ私はその空気に圧迫感すら感じていた。

暗闇の中、景色が見えない窓の外は、まるで深い深い海の底にも似ていた。夜の闇がいつもより深く感じられるのは単に錯覚ではなく、夕方から降り出した冷たい雨のせいなのだろう。

このまま降り続いたら、夜のうちに雪へと変わるかもしれない。

私は何もできなかったし、これから先も、おそらく何もできないままだろう。

自分には何もできないのだ、という無力感。それは窓の外に見える闇と一緒になって、私に重くのしかかる。

突然に、あの、雪の積もった寒い夜のことを思い出した。

私は中学生だった。積もった雪から吹き上げる風が凍りそうに冷たかった、あの夜のことを。

一部一部ビニールに包まれた夕刊を、母と叔母との三人で、歩いて配った、あの夜のことを。

「新聞配達はお母さんの仕事だから。読者が待っているから」

母はそう言って、ショッピングカートに積み込んだ新聞をただ黙々と配り続けていた。目の部分だけが開いた毛糸の帽子の上にヘルメットをかぶり、男物の釣り用の上下を着込んで新聞を配り続ける母の姿は、今思い出すだけでも痛々しい。

その母の姿を動悸がするほどの寒さの中で見ていたあの日。

おそらくあの日が、本当の意味での私の原点だ。

あの、雪の積もった夜に見た、母が新聞を配るその姿こそ、今の私の原点なのだ。

それなのに。

井出さんに対し、私は職責をまっとうすることさえできないまま、無力感に押しつぶされそうになりながら立ち尽くしている。

あの日、雪の中で、母が寒さや身体的苦痛に決して弱音を吐くことなく、ただそれを待つ人たちのためだけに新聞を配り続けたようなまねは、私には、とてもできそうになかった。


お母さん。

私はあなたを乗り越えることができません。


窓の外に見える深い闇。目を閉じているのか開いているのか、それさえもわからなくなってしまうかのような深い闇。私はそれをじっと見つめ、その闇の深さに同化してしまいそうになる自分を感じていた。そしてそれを、私は心のずっと奥の方で、望んでいるような気もする。

毎晩立ち続ける月の舞台の上で、夜空を見上げる時のように。

母親の愛情のような深い闇と静寂が、私の身体と精神もろとも、こっぱみじんに押しつぶしてくれたら……。

そんな願望が、自分の中にあるような気がする。

生まれた時から持っている本能のように、自分の中に、あるような気がする。

ぼたっというにぶい音で我に返る。井出さんに渡そうと思って持ってきたマフラーを入れた紙袋の上に、涙が落ちた音だった。

私は泣いていたのだ。

お母さん。

もう十年という時間が流れたというのに、私はあなたの死を、あなたが私の前からいなくなったという事実を、理解できないでいる。いや、理解できないでいるのではなく、母が死んだ時、私の中の何かが失われ、私は未だにそれを取り戻すことができないまま、迷子になった子どものように、ただ途方に暮れているのだろう。

母の残像を引きずったまま、井出さんの病室の前を再び通りかかった時、井出さんのベッドの脇でごそごそと動く女性の姿を目にした。私は氷の上を歩くように、音を立てずにその人影へと近付いて行った。その女性は、椅子と兼用になっている物入れから汚れ物を取り出して、自ら持参した大きな袋に詰め込んでいるところだった。私の気配に気が付いたのか、女性はその狭い隙間から、顔をこちらに向けると同時に、リスが周囲を見渡す時のように、背筋を伸ばしてすっと立ち上がった。

心臓が、痛いくらいにドキンとした。その女性は、誰の警戒心でさえも一瞬のうちに解いてしまうかのような、不思議な笑顔を向けて言った。

「もしかしてあなた、姫野さん?」

私はまさに息をのむ、といった状態のまま、その場を動くことができなかった。

その女性が私の名前を知っていたからではない。

今、私の目の前にいるその女性の外見が、死んだ私の母のそれとそっくりだったからだ。小柄な割には不思議と虚弱に見えないしっかりとした体つきとか、ピンと伸びた背筋、機能性だけを考えて短く刈られたショートカットとか。履きつぶされた運動靴、そして、洗い込まれて色のあせたジーパンにトレーナーという服装。それらすべてが、本当に、私の母とそっくりだったのだ。

「はじめまして。私、相沢といいます」

声だけは、母のそれとは違った。張りがありながらも軟らかな響きを持つやさしい声だった。

私は口を開くこともできないまま、電柱のようにその場を動くことができないでいた。

「新聞の集金をしている関係で井出さんと知り合いになって。家も近所なんですよ」

その澄んだ声を聞きながら、奇跡のような目の前の現実の中で、母を思い出し、その姿に寄り添っていた。

神様の存在を意識したことなど、今まで一度だって、ない。

しかし今、目の前にいる相沢と名乗るその女性を見ていると、神様が、私の前に、いつまでも立ちあがることができない私の前に、母の使いとして、この人を差し向けてくれたのではないだろうか？　そんなふうにも思ってしまうほど、その人は、私の母にそっくりだったのだ。

「あの……」

やっと出すことができた息を吸い込みながらしゃべっているかのような私の声に、相沢さんはやさしい笑顔を向けてくれた。

「井出さん、新聞、取ってたんですか？」

相沢さんは大きくうなずいた。

「でも、字が、読めないって」

私は続ける。

「字が読めないって、私に言ってたんです」

相沢さんは、私の困惑をそっと受け止めるかのように微笑むと、自分のカバンの中からノートくらいの大きさに折りたたまれた新聞を取り出して、私の前でパラパラとめくって見せてくれた。

「しんぶん赤旗って、知ってますか？　それの日曜版なんですよ」

「しんぶん赤旗の、日曜版……」

「日曜版って、ほら。写真とかイラストとかがいっぱい載っていて。字ばかりではないでしょう」

それもカラーのページが多く、最後のページの料理の作り方を紹介した欄は、その匂いさえ漂ってきそうなほど立体感にあふれた写真が載っていた。イラストを眺めているだけでも何となく内容がわかるし、写真に写る人の表情やしぐさを見ているだけで、確かに何か、心に届いてくるものがあった。

「しんぶん赤旗の日曜版……」

私はもう一度、声に出してそう言ってみた。

「井出さん、これで少しずつ、文字に慣れていったんですよ。小さい頃から行商に出ていたみたいで、きっと、しっかり勉強する機会がなかったのね」

　そうだったのか。

　最後まで、井出さんと同じ目線を持ち続けることができなかった自分を責めるしかなかった。相沢さんにその思いをぶつけようとした時、そっと、シートをかぶせるように彼女が言った。

「井出さんの家にあった紙製の薬箱、あれ、姫野さんが作ってくれたんですよね。朝は山から昇る太陽、昼は輝く太陽、夕は三日月、そして寝る前は寝ている赤ん坊の絵。井出さん、とても喜んでいましたよ」

　そんなことないです。私は何もできなかった。最後まで井出さんに寄り添うことさえ、できなかったんです。

　それは、声にはならなかった。声に出すことができないまま、私は下を向いて頭を左右に振った。そんな私の両手を、相沢さんの両手がやさしく包んだ。

「井出さんは、姫野さんのこと、大好きなんですよ」

　涙が止まらない。

　こんな、私のことを……。

「あの……」

　私は不安定に揺らぐ気持ちを何とか抑えて言った。

「井出さんに、これを……」

紙袋から出したそのマフラーは、薄暗い病室の中で、月明かりに照らされて輝く雪のように真っ白に見えた。

「もう、巻けないかも知れませんが……」

私は、井出さんの首のまわりのチューブを見ながら言った。

「あら、これは手編みですね。大丈夫ですよ。首に巻けなくても枕元に置いておくだけで、十分暖かさは伝わりますから」

相沢さんは、そのマフラーを手にとってしばらく眺めた後、井出さんのベッドの脇にしゃがみ込み、耳元でささやいた。

「井出さん、姫野さんがね、マフラー編んでくれたんですって。暖かそうよ。よかったわね」

井出さんのまつ毛が、かすかに動いたような気がした。


雑居ビルの下にたどり着いたのは十時少し前だった。夕方から降りはじめた雨は、音もなくこの世界全体を湿らせてゆく。

ビルの階段を途中まで上った所で、何やら人の話し声が聞こえてきた。会話を交わしている、というより、お互いがただ好き勝手にしゃべっているだけのようで、音域の違うふたつの声は、まるでたどたどしく歌われる輪唱のようにも聞こえてくる。階段を上り切った先の廊下の曲がり角には、大家さんが設置したベンチが置かれている。

予想通り、声の主は大家さんと叔母だった。屋根が付いているとはいえ、今にも雪に変わりそうな冷たい雨が降る、しかもこんな遅い時間に、ふたりはまるで、夏の夕涼みのようにそのベンチに座っていたのだ。

「あら、今、お帰り?」

先に私に気が付いて声をかけてきたのは大家さんだ。

「相変わらず働き者ね」

大家さんが言った。

働いていたわけではないのだけれど、その理由を説明するには気力がなえ過ぎている。

「はあ……」

取り合えず、適当な相づちを打っておく。

「この子ったら、日曜日だって家にいないんだから。どんな忙しい仕事をしてるんだか知らないけどね、ごらんの通り、色気も何もあったもんじゃない」

と叔母。

「働き者だってことはね、人間にとって一番の美徳なのよ」

と大家さん。

私は無言のまま、ふたりの前を通り過ぎようとする。

「芙見ちゃんね、あんた、もう少し愛想よくしないと。女の子がそれじゃあ、先々困るわよ」

「あら、今はもうそんな時代じゃあないのよ。何度も言うようだけど」

私はつい最近も聞いたようなふたりの会話をすり抜けて、玄関の扉を開けた。その瞬間、叔母は「しまった！　ごはんのスイッチ、入れるの忘れてた！」と、一瞬、わざとみたいにぴょんっと飛び上がったかと思うと、私が開けた扉のほんの少しの隙間をすり抜けて、部屋の中へと入って行ってしまった。

「すみません。騒々しい叔母で」

ひとり取り残された格好になってしまった大家さんを置いて私までそそくさと部屋に入ってしまうのも何となくはばかられ、少しだけ会話をしてみようかと試みたりもするものの、その先の言葉が早くも見つからない。

「姫野さん、あなた、最近、変わったわね」

大家さんが、さらっと会話をつなげてくれた。

「変わったって？」

「いや、変わったんじゃなくって、もともと持っていて隠れていたものが姿を現したって言った方がいいかもしれないわね」

細かい雨が落ちてくる夜空は吸い込まれそうなほどに深く、私の部屋からは叔母がバタバタと動き回る気配がしていた。

「おばさんの影響じゃあないかしら？」

「叔母の影響？　まさか」

やーだこのゴミ袋穴開いてんじゃないのよお。

部屋の中から聞こえてくる叔母の甲高い声を聞きながら、もう一度、言った。

「まさか……」

そのたった三文字の言葉は、自分でもわかるほどにどんどん語尾が曖昧になっていった。

まさか……ね。

何かに気付くまいとしながらも、それでいて、何かに気付きたいと欲するあやふやな思いが私を覆う。

「人間なんて、そんなに簡単に変わるもんじゃあないって、今まで思っていたけど、人って案外、他人から影響を受けるものなのかもしれないわね」

「……」

「あなたたち、よく似てるわよ」

「似てる？　私と叔母が？」

「そう。血は争えない、とも言うし」

血は争えない。

この言葉は最近、幾度となく私の前に登場する。

「じゃあ私もそのうち、放浪の旅にでも出るんでしょうかね」

私が言うと、大家さんは夜空を仰いで「ははは」と笑った。

「それはそれで、楽しそうね」

放浪の旅。

そうなることというより、そういう発想ができるようになるかもしれない自分に秘められた可能性を、いとおしく感じる。

「ま、そういう外面的なことだけじゃあなくてね。強さっていうのかしら」

「強さ?」

「そう、強さ」

「私は強くなんか、ないですよ」

座りましょうか? と大家さんが言い、私たちは外廊下のベンチに並んで座った。

「そんなことないわよ。自分で気付いていないだけよ」

そう言われたところで、私にはそれをまったく実感することはできない。

「はじめて会った日、本当にいいんですか? 保証人いなくて、って聞いてきた時のあなたの目。すごくしっかりとした目だったわよ。這い上がろうとしている人の目。その時確信したの。この人は強い人なんだなあって」

そういえば、そんなこともあったっけ。

年末を控えたあの日、保証人がいなくとも賃貸契約を結んでくれた大家さんに対する感謝の気持ちをありがとうという言葉で表すことができなくて、そのかわりに出てきた言葉が、それだった。

あの頃は、ただただ不安だった。自分の置かれた境遇の不安定さを恨めしく思うと同時に、不安に飲み込まれまいと常に何かに腹を立てていたような気がする。そうすることによってしか、自分を守ることができなかったのだ。

しかし、今は違う。私にまとわりつく境遇に大きな変化があったわけではないけれど、なぜだろう、それに打ち勝つ何かを、私は得たような気がする。いや、得たというより、叔母から教えてもらったのだ。言葉ではなく、叔母の存在、そのものから。

「あなたの強さはきっと、おばさん譲りだわね」

「叔母譲り、ですか……」

「そう、血は争えないってね」

大家さんが、言った。

叔母の作ったカレーライスの夕食を済ませ、明日からの温泉旅行に備えて叔母が寝てしまった後、私はいつものように、屋上へと向かった。夕方から降りはじめた雨は、予想通り、雪へと変わっている。

腕時計の三日月はもうとっくに南中を過ぎているというのに、今夜はもう、月はその姿を現すことはないだろう。

暗闇と静寂に包まれた月の舞台の上で、私はやさしい光を感じていた。

私はそっと、手を伸ばす。

チラチラ舞い散る雪に向かって。

お母さん。

私に降りそそぐ、やさしい光。

お母さん、私はここで、生きてゆくから。
舞い散る雪が、光のカケラとなって私のまわりに満ちている。
閉じた目から、流れ星のような涙がひとすじ、頬を伝った。

第十三章　やさしい光

空全体を覆った厚い雲が、今にも落ちてきそうなくらいに近くにあった。

昨日の深夜に降った雪は、幻だったのだろうか？

雪が降った気配はどこにもなく、厚い雲を通り抜けてきた穏やかな光が描く風景画のような景色の中を、私たちを乗せたバスはゆっくりと走り出した。

私は叔母とともに、バスで五時間ほど行った所にある小さな温泉地へと向かっていた。

「温泉ですか？　私、いい所知ってますよ。お湯はいいし景色はきれいだし静かだし。のんびりするにはもってこいですよ」

一泊で気軽に行ける温泉地を知らないか？　と野田さんに聞いてみたところ、彼女が紹介してくれたのは山沿いを流れる清流に沿って湧く小さな温泉地だった。そして、自分もよく利用しているという家族経営のこじんまりとした旅館と、近隣の駅から出る直通のバスまであっという間に予約してくれたのだ。

「今度は私と行きましょうよ」

はじめて聞く野田さんの甘えるような声に、きょうだいというものはこんな感じなのだろうか？　とぼんやりとした思いを抱きながら、無意識のうちに首を縦に振っている私がいた。


人の姿をほとんど見かけない土曜日の静かな街の中を、大型バスはゆったりと走って行く。叔母は私の家に突然やって来た時と同じ黒いコートに黒い帽子に黒いリュックという軽装、私もいつも通勤に使っているカバンの中身を文献から洗面用具に変えただけ、という、たとえ一泊とはいえ、旅行、それもここよりは明らかに寒いだろうと容易に想像できる所へ行くにはどう見ても似つかわしくないいでたちだった。ただひとつ、いつもと違うのは、叔母いわく、トラネコみたいなおうど色のトレーナーではなくて、先週の木曜日に叔母が買ってくれたネコの刺しゅうが施されたピンクのカーディガンを着ていることだ。

「服買うんならあそこで買ったらいいわよ。一階にあるあの洋品店。今持っている服に合うものを選んでくれるから」

母とふたりだけの生活の中で作り上げられた私の性分。金銭的にも家庭的にも決して恵まれていたとはいえない中で作り上げられた私の性分。物欲のカケラすら持つこともなく、毎日同じ服を着続けるという行為は、そんな自分の人生に対する意地のようなものだった。その、張り続けてきた私の意地が、まさに今、少しずつ、崩れ去ってゆこうとしている。しかし、服を選ぶ、という経験がない私には、正直言って、いったい何をどう選んだらいいのかがわからない。洋服を買うという行為は、米や洗剤を買う行為とは明らかに違う。どこの店に入ったらいいのか？　そこでどんなふうに振る舞えばいいのか？　自分は何を欲しているのか？　そういうことが、まったくわからないのである。

「そのカーディガン着てね、これに合うスカート選んでくださいって言うの。そうしたらね、いいの選んでくれるから」

叔母が言った。

私の中では陰気なイメージで固まっているその洋品店に、今、小さな灯りが灯った。何かを選ぶという、自分にとって未経験の世界を想像したら、何だか急に心の中にまで電気がついたような気分になったのだ。

もうしばらくしたら眼鏡もでき上がってくる予定だ。「顔の印象が明るくなりますよ」と店員にも勧められ、また叔母からも「今よりずっとかわいく見えるわよ」と言われて決めた、ブリッジの部分が薄いピンク色をしたフチなし眼鏡。

今までに感じたことのない何かにわくわくする感覚の中、なぜだろう、油断をすれば今にも涙があふれてきそうだった。

哀しいのか嬉しいのか、自分でもわからない。今までどっちの感情も封じ込めてきた私には、そのどっちの感情だって新鮮で、いとおしいものなのだろう。

高速道路に入りバスの揺れをほとんど感じなくなると、酔い止めの薬が効いてきたのか不思議と心地良い眠気がやってきて、私は安全地帯に逃げ込むかのように眠りの中へと入っていった。

「芙見ちゃん、起きて起きて」

叔母の声で目を覚ました。窓の外には雪景色が広がっている。白と黒だけのその世界は、まるでモノクロの写真のような暖かな印象さえ抱かせる。

「きれい……」

思わず声を上げ、窓にかじりつくようにその風景を見続けた。

雪景色を見てきれいだと思ったことは、今まで一度だってなかった。雪の思い出といえば、あの、新聞配達をする母を助けて新聞を担いで運んだあの夜のことだ。

ばったり出くわした級友たちが身に付けていた色とりどりのオーバーや長靴が、まるで金平糖のようだったあの夜。痛いくらいに冷たい風に吹かれながら見たその雪景色は、私の前に立ちはだかるどうすることもできない宿命のようだった。

でも今、目の前に広がる雪景色は、私の視界に限りなくやさしかった。

「きれい……」

あふれてくる涙を叔母に気付かれまいと、私は一層窓に顔を押し付けるようにして外の景色を眺め続けた。周囲の光を浴びながらチラチラ舞う雪のカケラが、やさしい光を放っている。

母にもこの景色を見せてあげたかった、と思う。

私のために働きづめだった母にとって、雪は単に自らを苦しめる対象でしかなく、今の私のように、雪景色を車窓から眺めて心からきれいだと思うひとときなど、なかったに違いない。

お母さん……。

あふれる涙を叔母に隠し通せるはずもなく、叔母は無言で私にポケットティッシュを差し出してきた。

「なんか、眩しくて」

「そんなじっと見てるからよ」

バスは光の加減で青く見える水をたたえたダム湖の前を通り過ぎ、川に沿って源泉が湧くというひっそりとした温泉地へと進んで行った。

「雪見風呂なんて、はじめての経験よ」

修学旅行ではしゃぐ小学生のように、叔母が言った。


宿の夕食が済むと、私たちは早速露天風呂に浸かりに行った。

はしごのような急な鉄製の階段を降りて向かったその先に、宿の露天風呂はあった。

「雨が降って川が増水したら入れないんですよ」

と言う女将さんの言葉が決して大げさではないくらい、その露天風呂は川沿いぎりぎりの所に作られていた。温泉の湯は水より更に透明で、雪が止んで雲の切れ間から見えはじめた星の輝きさえ、映してしまいそうなほどだった。

川の向こう岸には小さな森が広がり、葉をすっかり落としてしまった木々がうっすらと雪化粧をした眺めは、まるで水墨画の中へと入り込んでしまったかのようだった。月は出ていないのに、星からのかすかな光を雪が反射するのか、やさしい光に満ちあふれた明るい夜だった。お湯の温かさが身体と神経の緊張をほぐし、リボンがほどけるように、精神が解放されてゆく。

「ねえ、おばちゃん」

「なに」

「ずっと、私の所にいてもいいんだよ」

私は視線を目の前の木々に固定させたまま、静かに言った。

それは、突然出てきた言葉のようでもあり、ずっと前から私の中に存在していた言葉のようでもあった。

「ずっと、私のそばに……」

私の小さな声は、川の流れの音の中にのみ込まれ、そして後には、幼い頃、叔母が帰ってしまう時に感じた切ない気持ちだけが、残った。

今まで私が求めてきたもの。

たったひとりで生きていながら、誰の世話にもならずに自分だけの力で生きていながら、それでも、いや、それだから、私は確実に何かを求めていたのだ。

それがいったい何だったのか、今の私には、わかる。

そう、私はきっと、「誰か」を求めていたのだ。

私の苦しさを共有し、そしてそこから一緒に歩んで行ってくれる、そんな誰かの存在を、私は求めていたのだ。ずっとずっと前から、そう、母が死んだあの日から、私はそんな誰かの存在を、求め続けていたのだ。

「私の所に、いてもいいんだよ」

森から吹いてきた風が、私の言葉を叔母へと運んでくれた。

「私と一緒に暮らしてよ」

一気に言って、目を閉じた。閉じた瞬間涙があふれ、その温かさが頬を伝った。

「姪っ子からそんなこと言ってもらえるなんて。あたしは世界一のしあわせ者だわ」

清流沿いに湧く温泉は、その透明な色とともに世界のすべてを清らかに映し出す。叔母の横顔が、母のそれと重なった。

叔母から感じる気配。かすかにタバコの匂いがした。母と同じ匂いだった。

「私と一緒に、暮らしてよ」

叔母から伝わってくる体温に、母を感じた。

「あたしは芙見ちゃんに、何もしてあげられなかったのにね」

「そんなこと……」

その後は、声にならなかった。

そんなこと、ないんだよ。

あの夜の光景が浮かぶ。

あの、雪が積もった夜。

バイクに乗ることができなくて、ショッピングカートに新聞を積んで、一件一件配達をする母を手伝って叔母と歩いた、あの、雪の積もった夜。

あの日にもし私の隣に叔母がいなければ、私は新聞の重さに押しつぶされ、雪の冷たさに押しつぶされ、闇の深さに押しつぶされ、級友たちの視線の残酷さに押しつぶされ、そして、その舞台となる人生そのものにも押しつぶされていただろう。

「おばちゃんと一緒に、暮らしたいよ」

ひとすじの涙が頬を伝った。

「そんなふうに言ってくれて、すごくうれしいわよ」

風が吹くたび、向こう岸の森から雪のカケラが舞い散って、それは星の光に照らされてキラキラ輝きながら空中を漂っていた。

「あたしね、ここからちょうど一山超えた所にある、山の温泉宿で働くのよ」

雪のカケラが降りそそぐ。ひんやりと心地良いその感触が、私の心を更に解放してゆく。

「そうなんだ……」

不思議と、哀しいとは思わなかった。そんな予感は何となくあった。そしてそれが、叔母という人には一番ふさわしい生き方であり、一番しあわせな生き方であるような気がした。

「年末に掃除の会社はつぶれちゃったけど、まだまだ働けるからね。調理場の手伝いから掃除、布団の上げ下ろし、冬は雪かき、夏は草取り、がんばんないと」

叔母はそう言うと、星をつかむかのように両手を高く上げた。

縫製工場でミシンを踏み続ける叔母。

広い調理場で大鍋を操る叔母。

姑さんの着替えを手伝っている叔母。

換気扇を磨いている叔母。

早朝の、人気のないフロアにモップをかけている叔母。

天にも届くかのような叔母の張りのある声を聞いていると、見たこともないのに三角巾を被って汗を流して働く叔母の姿が次から次へと浮かんできた。そしてそれは、叔母のかけがえのない人生であり、私はそれを、働き者の叔母のその血を、間違いなく受け継いでいるのだ。

「働き者だからね。おばちゃんは」

「それはきっと、血筋よ、血筋。芙見ちゃんだってそうでしょう？　あたしがいたこの二週間、家には寝に帰って来るだけだったじゃないの」

「それもきっと、血筋だよ」

叔母をまねてそう言って、ふたりで目を合わせて笑った。

「もっと歳取ったらさ、面倒みてあげるから」

「期待しないで待ってるわよ」

「最高級の羽毛布団、あつらえてあげるからさ」

「芙見ちゃんが買ってくれた羽毛布団、最高だったわね。あれで十分よ」

「今度はもっともっとフカフカの布団だよ」

「お金は自分のためにも使いなさいよ」

「おばちゃんのためにも使いたいんだ。また一緒に旅行、行こうよ。今度は飛行機とかでさ」

「それまた豪勢だわね」

「だから、ね。おばちゃん」

私は一度、深呼吸をする。

「私のこと、一日に一回は思い出してよね」

叔母に向けて作った笑顔に、雪のカケラがやさしく当たる。

「私のこと、思い出してよね」

私はもう一度、言った。

「あたしのこともよ」

風が運んできた雪のカケラと立ち昇る温泉の湯気に反射した星の光は夜の闇の中にあふれ、それらはやさしい光となって、私たちのまわりに漂っている。

私はそこに、流れてゆく時間を見た。

流れる時間。

私は感謝する。

母の死を目の前で見たあの時。

あの時、私の時間は母の呼吸とともに止まってしまったのだ。

今、それが、再びゆっくりと動き出すのを、私は感じていた。

日は差していないのに、眩しさで目が痛くなるような空だった。そんな空から時々桜の花びらのような雪が舞い降りてきた。

私と叔母は、うっすらと雪の積もった駅のホームに立っていた。

ここから叔母は、下り電車に乗ってこれからの仕事先となる温泉宿へと旅立ち、私は上り電車に乗って自分の場所へと帰って行くのだ。

「すごい雪らしいわよ。何しろ標高千八百メートルだっていうから」

「そんな雪深い所、泊まりにくる人、いるの?」

「ばかねえ、冬はスキー、春は新緑、夏は避暑、秋は紅葉。一年中楽しめる所なんだから」

「冬はスキー、春は新緑、夏は避暑、秋は紅葉……」

私の目に、見たこともないそれぞれの風景が浮かんできた。それらの風景は、私の深いところにある眠っていた感性を、静かに呼び覚ましてゆくようだった。そしてその感性は、これからの私を支え、ともに歩んでゆくのだろう。

「楽しそうだね」

「彼氏と一緒に来なさいよ」

「彼氏はいないけど、友達と行くよ」

仲間たちの顔が浮かぶ。

「待ってるわよ」

白い空から降ってくるのか、それともうっすらと雪化粧を施された私たちを囲むようにそびえ立つ山々から舞い散ってくるのか、雪は白いホームに立つ私たちのまわりに漂っている。

まるで、舞台の上に降る紙吹雪のように。

毎晩立ち続けた月の舞台を思い出す。

月からの光だけを浴び、月の表面を連想しながら立ち続けた、月の舞台。

暗闇と静寂に包まれた、月の舞台を。

「芙見ちゃん、覚えてる？　雪の積もった夜のこと」

コートのポケットに両手を突っ込んで、背筋を伸ばししっかりと前を見つめて叔母が言った。

「覚えてるよ……」

雪のカケラが舞い散っている。

「覚えてるよ……」

私はもう一度、言った。

忘れるわけが、ない。

母と叔母と、三人で新聞を配ったあの雪の積もった夜のこと。

「大人のあたしだって、泣きたくなったたっていうのに、芙見ちゃん、黙ってあんな、重い新聞担いで……」

「……」

「偉かったね……」

あの時、私は叔母に、叔母の明るさに救われていたのだ。

「偉かったね、芙見ちゃんは」

叔母はもう一度、言った。

「同級生はみんな、きれいな格好して塾に通っていたっていうのにね。芙見ちゃんは、義姉さん手伝って……」

それができたのも、叔母のおかげなのだ。あの状況の中、雪の止んだ空に現れた月を見て「私たちはツイてるわね」と言った叔母。その強さと明るさに、私はどれだけ救われたことか。

「やっぱり芙見ちゃんは強い子よ。義姉さん死んだ後も、立派にひとりで生きてきて……」

「……」

「義姉さんが死んだ時、本当は一緒にいてあげたかったんだけどね、借金がまだまだ残っていたからね。でも、芙見ちゃんはひとりでも大丈夫だって、あたし、確信してた。どうやらそれは、当たっていたようだわね」

私は強くなんかない。もし、そうだとしたのなら、それは、そうならなければやってこられなかったからだ。

それともうひとつ。私には、自分でも気が付かないうちに、まわりに多くの仲間がいた。

母が死んだ時、棺桶に入れて焼いてしまった国家試験の合格者が掲載された新聞を、私のためにくれた広瀬さんとか、自筆の料理のレシピを私のために作ってくれた野田さんとか、寒さの中、いつまでも共通の話題を語り合える沢田くんとか。そして、私の姿を見つけるとネコのように擦り寄ってくる大家さんとか、井出さんを通して知り合えた相沢さんも、私にとってかけがえのない存在になってゆくのだろう。

「芙見ちゃん、これ」

叔母は大きな手提げ袋を私に差し出した。叔母から受け取ったそれは、ずっしりと重かった。

「ビルの人たちに配ってね。あたしがよろしく言ってたって、伝えておいてね」

「わかった」

今日家に帰ったら、私は大家さんと定食屋のマスターと洋品店のオーナーにおみやげを配って回るのだろう。そしてこれからの日々は、大家さんと廊下の椅子に座ってたあいのない世間話をして、定食屋のマスターからは料理の手ほどきを受け、そして、洋品店のオーナーには服のコーディネートをしてもらうのだ。そんなふうに流れる日々の中を、私は歩いてゆくのだ。

「おそばと漬物とおまんじゅうが入っているから。職場の仲間にも配りなさいよ」

そういえば、私は何ひとつおみやげを買ってはいなかった。

「旅行に来て、おみやげ買って帰る相手もいない人生なんて、つまんないでしょ」

まさに、叔母の言う通り。

「ありがとうね。おばちゃん」

私は、言った。

雪の舞い散る駅のホーム。

ここは人生という舞台の上。

そして私は、台本のないままに台詞をしゃべる役者のようだった。

でも、芝居ではない。台詞は自分で紡ぐことができるのだ。自分の力で、どんなふうにでも描いてゆくことができるのだ。

「ありがとうね、おばちゃん。本当に。今までの、いろんなこと……」

雪は静かに舞い散っている。

舞台のような、雪の舞い散る駅のホーム。

「ありがとうを言うのはこっちよ。二週間、芙見ちゃんといられて楽しかったわ」

眩しいほどの白い空はまさに私たちを照らすスポットライトのようで、舞い散る雪は、舞台セットの紙吹雪のようだった。

一面の、白の世界。

今まで、自分にふさわしいと思い続けてきた暗闇と静寂に包まれた月の舞台の上とは、何もかもが対極にあるかのようだった。しかし、対極にあるかのように見えて、そこにはひとつ、確かな共通点もある。

それは、やさしい光だ。

今、白い雲を通り抜けて私に降りそそいでいる光。それは、深夜、暗闇と静寂に包まれた月の舞台にひとりきりで立つ私を照らしていた光と同じだった。

やさしい光。

その光の中を、私は生きてゆくのだ。

お母さん。

私はもう、月の舞台にひとりで立つことはないでしょう。お母さんと同じ血が、私の中にも流れている、今はそれを、感じることができるから。

そして、やさしい光は、いつでも私に降りそそぐから。

叔母の乗る下り電車が、遠くの雪景色の合間から見えてきた。

涙があふれる。

「いなくなったら、嫌だからね」

「大丈夫。あたしにはこれがあるから」

叔母は、私の部屋に転がり込んできたあの夜と同じように、母のお通夜の挨拶状を得意そうにちらつかせた。

「これはあたしの宝物」

そこには私の自筆で携帯電話の番号が書かれている。

「歳取ってさ、働けなくなったら、ちゃんと面倒みるからね」

「ま、お葬式の喪主くらいは頼むわ」

「了解」

うっすらと雪をかぶった電車がホームに入ってきた。

「新緑の頃にいらっしゃい」

そう言い残し、叔母はネコが塀に飛び乗るように、ぴょこんと電車に乗った。閉まる扉の向こうの叔母の口元が、静かに言った。

「ありがとね……」

叔母を乗せた電車がゆっくりと動き出す。

私は一歩一歩、ホームの上を歩いて行く。舞い散る雪はやさしい光となって、人生という舞台に立つ私を照らしてくれる。叔母を乗せた電車は徐々にスピードを上げ、更に山奥を目指し、光の束のような真っ白い風景の中へと吸い込まれるように消えて行った。

叔母との距離は確実に離れていくというのに、私はそれを、もう哀しいとは思わなかった。

叔母と過ごした二週間。

それらの日々は、かけがえのない私の宝であり、これから先も、やさしい光とともに私の進む道を照らしてくれるだろう。

今はそれを、感じることができるから。

そして、還暦を過ぎてもなお、新天地を目指して旅立った叔母に向かって、私は叫んだ。

がんばれ！　おばちゃん！

そして、がんばれ！　私！


（完）

須藤みゆき（すどう　みゆき）

1967年　千葉県出身
2005年　民主文学新人賞佳作「冬の南風」

民主文学館

月《つき》の舞台《ぶたい》
2017年10月31日　初版発行

著者／須藤みゆき
編集・発行／日本民主主義文学会
〒170-0005　東京都豊島区南大塚2-29-9　サンレックス202
TEL 03(5940)6335
発売／光陽出版社
〒162-0811　東京都新宿区築地町8
TEL 03(3268)7899
印刷・製本／株式会社光陽メディア

ISBN978-4-87662-608-3 C0093